서문문고
045

문학의 이해

이 상 섭 저

머리말

나는 문학도인만큼 문학에 대하여 연구하고 생각하기를 버릇처럼 하지 않을 수가 없다. 뿐만 아니라, 또한 문학교수인만큼 문학에 대하여 학생들을 가르치는 것이 직업적 의무가 되어 있고, 이것은 국내·국외에서 5,6년이나 한 일이다.

문학에 대하여 이야기한다는 것은 적어도 나에게는 문학을 읽을 때의 감명 못지않게 즐거운 일이다. 많은 총명한 학생들이 신명나게 떠드는 내 말에 과연 얼마나 흥미를 느끼는지는 알 수 없지만…….

그러면서도 늘 안타깝게 여긴 사실은 적당한 참고서나 교과서가 없다는 것이었다. 물론 서점에 가면 ≪문학개론≫≪문학입문≫≪문학원론≫ 등의 제호가 붙은 책이 많이 눈에 띄지만, 내가 늘 머릿속으로 그리고 있는 '문학을 연구하는 책'의 모습과는 모두들 조금씩 다르다.

첫째로, 그들의 대다수는 수십 년 전 구미에서 출간된 책들의 번역이나 번안이다. 최근 2,30년도 아니고 6,70년 전의 저술은 아무리 문학연구가 다른 학문에 비해 변화·발전의 속도가 지둔하다 해도 확실히 낡아서 쓸모 없이 된 부분이 많은 것이다. 더구나 그런 책들은 우리 문학에 대해서는 한 마디 언급조차 할 수 없으니, 그만큼 우리와는 관계가 적다. 비교적 최근의 저술이라도, 그 생경한 번역 문장은 선의의 독자를 부당히 괴롭히기나 할 뿐이다. 그 어느 유명한 책은 번역자들의 몰염치한 오역으로 인하여 그 책을 아끼는 사람들(나도 그 중 하나다)의 격분을 사고 있다.

둘째로, 일부 국내의 저술은 대체로 일본이나 구미의 저술을 본받고 있는데, 그렇게 본받는 것이 하등 잘못될 것은 없지만, 최근의 것이 아니라 무척 오래전 것을 본받은 인상을 주니 탈이다. 최근의 구미 이론을 폭넓게 연구한 흔적이 별로 안 보이며, 간혹 현대의 이론을 언급한 것도 있으나 지나치게 부분적이다.

셋째로, 문학에 대하여 감탄과 찬사를 일삼는 문학적 수필보다는 딱딱한 듯하지만 학술적 뼈대가 있는 저술이 아쉽다. 문학은 오직 예찬의 대상일 뿐만은 아니다. 나는 본래 구미의 비평사와 문학이론을 공부하는 사람이다. 여기서 전개하는 문학론은 다분히 구미식이고 학술적인 냄새를 풍길 것이다. 어쩔 수 없는 일이다. 문학 연구는 아무래도 서양식 학문이 안 될 수 없고, 그것이 학문인 이상 학술적이 아니라면 오히려 이상할 것이다.

여기서 나는 독창적 이론을 전개하고 있지는 않다.

책의 체계와 내용은 최근 영미의 사계의 저술들을 모델로 삼고 있음을 밝힌다. 단, 우리에게 생소한 인명·책명 등은 되도록 언급하지 않았고, 우리 문학에서 예를 상당히 많이 들어 한국문학이 세계문학의 일부임을 암시하려 했다. 중요한 술어에는 영·미의 원어를 밝혀 이해를 돕고자 했다.

나는 이 책이 단지 초심자들을 위한 입문서가 되기를 원치 않는다. 문학을 체계적 지식의 대상으로 삼는 지적 습관이 우리나라에서도 토착화되기를 바라는 마음이 또한 이 책의 저작 동기가 되었음을 밝히는 바이다.

저　자

〈참고 문헌〉

≪문학원론(文學原論)≫ 최재서(崔載瑞) 저
Rene Wellek, Austin Warren ≪Theory of Literature≫(1949)
W. H. Hudson ≪An Introduction to the Study of Literature≫ (1910)
≪문학연구의 방법≫ 졸 저
Thrall, Hibbard & Holman ≪A Handbook to Literature≫ (New York:The Odyssey Press, 1936, 1960)
Joseph T. Shipley, ed. ≪Dictionary of World Literature≫ (Paterson, N.J.:Littlefield, Adams & Co., 1960)
Alex Preminger, ed. ≪Princeton Encyclopaedia of Poetry and Poetics≫ (Princeton: Princeton University Press, 1965)
Walter Jackon Bate, ed. ≪Criticism: the Major Texts≫ (New York: Harcourt, Brace & World, Inc., 1952)

William K. Wimsatt, Jr. & Cleanth Brooks ≪Literary Criticism: A Short History≫ (New York: Alfred A. Knopf, 1957)

Cleanth Brooks, J. T. Purser, R. P. Warren ≪An Approach to Literature≫ (New York: Appleton-Century-Crofts, 1967)

Hazard Adams ≪The Interests of Criticism≫ (New York: Harcourt, Brace & World, 1969)

David Daiches ≪Critical Approaches to Literature≫ (London: Longmans, Green & Co., 1959)

Graham Hough ≪An Essay on Criticism≫ (New York: W. W. Norton & Co., 1966)

M. K. Danziger, W. S. Johnson ≪An Introduction to Literary Criticism≫ (Boston: D. C. Heath & Co., 1961)

Richard Green Moulton ≪The Modern Study of Literature≫ (1915)

차 례

제1장 서 설

1. 문학이라는 학문의 성립

문학이란 무엇인가? 이 커다란 질문에 대한 가장 간단한 대답은 소설(小說)·시(詩)·희곡(戲曲) 따위의 글이라는 것이다.

그렇다면 그러한 문학을 연구 대상으로 하는 학문을 무엇이라고 하는가 하는 질문에 우리는 당황할 수밖에 없다. 불행히도 우리말에는 문학을 연구 대상으로 하는 학문을 지칭(指稱)하는 적절한 낱말이 없다. 정당·선거·다수결·의회제도·여론 등의 사회적 현상을 우리는 정치(政治)라고 하고 이러한 정치를 대상으로 하는 학문을 정치학(政治學)이라 부르듯이, 시·소설·희곡 따위의 언어적 내지 문화적 현상을 대상으로 하는 학문을 가리킬 적절한 낱말이 없다는 말이다. 문학학(文學學)이라는 말은 있을 수 없고, 일본인들이 만들어 낸 문예학(文藝學)이라는 낱말은 조작적이라 생경(生硬)한 감이 든다. 그러나 문학과 그것에 관한 연구는 구별되어야 하므로(경제와 경제학이 구별되듯이) 어차피 우리는 좀 부

족한 감이 드는 단어라도 써야겠다. 필자는 '문학연구'라
했다. 별 매력이 없는 것이나 그런대로 쓸 만하다.

그런데 이 용어는 필자의 독단적 선택이 아님을 밝힌
다. 학문의 종류는 많고 그 많은 학문에다 각각 이름을
다 붙일 줄 아는 서양인들도 문학에 관한 연구에 대해서
는 특별한 이름을 마련하지 못하고 그냥 literary study
(영어), étude littéraire(불어), 즉 '문학연구'라 부르
고 말았다. 서양 학문의 시조인 아리스토텔레스는 시학
(詩學, poetika)이란 용어를 썼지만 후세인들은 이 용어
를 별로 즐겨 쓰지 않았을 뿐 아니라, 시학은 산문 문학
을 취급하지 않는 학문으로 이해되어 문학연구의 한 분
야만을 가리키는 용어로 쓰이는 경향이 있다.

그밖에, 서양에서는 문학에 대한 논의·판단에 관한
지식을 문학론·문학이론·문학비평·문학사 등의 이름으
로 부르기도 했지만, 이들을 다 총괄할 말을 정하지 못
한 것이다.

정당·여론·대의제도·선거·다수결 등을 정치라 하고,
직접 그러한 행위에 참여하는 사람을 정치인 또는 정치
가라 하며, 정치와 정치인을 연구 대상으로 하는 사람
을 정치학자라 한다. 마찬가지로 시·소설·희곡 따위를
문학이라 하고, 그러한 것을 만들어 내는 사람을 문학
가 또는 문인이라 한다면, 문학 및 문인을 연구 대상으
로 하는 사람은 무엇이라고 할까? 역시 동서양을 통틀

어 적합한 낱말이 없지만 우리는 여기서라도 문학자라
고 부르기로 하자.(문학 연구자는 좀 길다)

지금부터 우리가 공부하려는 '문학개론'은 그러니까
보다 더 정확히는 '문학연구개론'이라 해야 할 것이나,
그럴 것까지는 없을 것 같다. 단, 문학개론에서는 문학
을 학문으로 연구할 때 항상 거론되는 화제들을 다룬다
는 사실을 알아 두어야 한다. 다시 말하면, 소설·시·희
곡에 대한 논의만을 뜻하지 않는다는 것이다.

이러한 사소한 듯한 구별들은 문학연구의 시초에 반
드시 되새기고 지나가야 한다.

2. 문학연구의 학술적 근거

무릇, 모든 체계적 학문은 그 대상을 면밀히 관찰하
는 데서 시작된다. 문학연구도 문학을 관찰함으로써 시
작되는 것은 자명한 일이나, 그것은 동물학자가 현미경
을 가지고 해부된 동물의 세포를 관찰하는 것과는 좀
다른 성질의 관찰인 듯하다. 즉, 문학은 외부에서 생김
새를 뜯어봄으로 말미암아 그 존재가 파악되는 대상은
아니다. 문학은 단순히 흰 종이 위에 검은 잉크로 인쇄
된 글자들의 배열된 모습이 아니라(그렇다면, 관찰은
손쉬운 것이다), 독자나 문학자가 읽든가 또는 들어서
그 존재를 파악하게 되는 것이다. 즉, 문학은 각 개인의

심리적·정신적 체험을 통해서 파악된다.

주지하다시피 자연과학적 관찰이라는 것도 따지고 보면 그 대부분이 우리의 감각(시각·청각·촉각 등)을 통한 체험임에 틀림없지만, 그 관찰의 대상이 훨씬 단순·명백하고 따라서 그것의 체험 역시 단순·명백한 까닭에 객관성을 쉽게 성취할 수 있다. 그러나 좋은 문학일수록 결코 단순·명백하지 않을 뿐 아니라, 생각을 면밀히 하는 사람일수록 그러한 복잡한 대상을 파악하는 그의 의식 역시 복잡 미묘해진다. 따라서 문학적 관찰, 즉 문학적 체험의 객관성은 쉽게 이루어지지 않는다. 과학과 문학연구는 이렇게 근본적으로 성질이 다른 데가 있음이 확실하다.

문학연구의 이러한 난관 때문에 어떤 사람들은 문학연구의 가능성을 부정하기까지도 했다. 문학은 창작하든가 즐겁게 또는 유익하게 읽을 물건이지 아예 연구를 할 물건은 아니라는 것이다. 문학을 직접 창작해 보지 않고서 문학을 이해하려는 것은 망상이라고 한 사람도 있었다. 소설가만이 소설을 이해할 수 있다면 이해할 수 있는 것이고 나머지는 다 감상이나 할 입장이라는 것이다. 그런데 감상이라는 것은 전혀 지적인 작업이 아니고 개인적 취미의 발로에 지나지 않는다. '취미에는 논란의 여지가 없다'는 서양 속담이 있듯이 개개인은 모두 자기 취미에 따라 즐기고 싶은 것을 즐기는 것뿐이라는 극단적 견해도 나왔다.

이렇게 일부 학자들은 문학의 체험은 근본적으로 무책임한(이유가 없는) 취미에 의존한다고 시인하고 문학연구를 문학에 관련된 사실에 대한 연구로 한정시키기로 했다. 〈홍길동전〉은 누가 몇 년에 지었는가? 거기 등장하는 인물은 모두 몇 사람인가? 그것을 인쇄할 때 사용한 활자는 언제 주조된 것인가? 등 확증할 수 있는 순수 객관적인 사실들만을 연구해야 한다는 것이었다. 즉, 문학연구는 문학의 개인적·체험적 요소와는 관계를 맺지 않아야 한다는 것이었다. 확실히 순전한 취미에 의한 감상도, 순전한 확증적 사실 수집도 문학을 '진정으로 아는 것'은 되지 못한다. 그 두 가지의 극단은 문학의 체험에 대한 책임의 회피이다. 순수 주관·순수 객관이 책임을 회피하는 바람에 귀중한 문화적 소산인 문학은 요샛말로 소외되어 버린다.

문학에 대한 논의는 '너는 사과를 좋아하지만, 나는 배를 좋아한다. 누가 더 훌륭하고 못하고는 문제가 안 된다'는 식의 완전한 취미담이어서는 안 되고 사소한 정보나 수량적 계산이어서도 안 될 것이다. 이 딜레마를 깨뜨리기 위해서 일부 문학자들은 인과율(因果律, causality)이라는 자연과학적 설명 방법이 문학현상을 연구하는 데에도 적용될 수 있다고 믿었다. 문학작품은 따지고 보면 하나의 결과인바, 이 결과를 자아내도록 한 원인들은 무엇인가를 따질 수 있다는 생각이었다. 다음에 더 논의되겠지만 이 생각은 많은 지적 노력이 소비된 데 비하여 성과는 문학 자체를 위해서는 적었다.

문학연구는 확실히 자연과학의 정밀성과는 다른 체계적 지식을 수립해야 할 것이다. 그렇다고 해서 자연과학과 전혀 관계 없는 체계나 지식이 될 수 있다는 것은 아니다. 비록 계산과 계량의 정밀성은 기하지 못해도 연역법·귀납법·분석·비교·종합·확률 등의 방법은 자연과학 이외의 모든 학문의 공통적 방법이다. 그뿐 아니라, 모든 학문은 각기 그 특성에 맞추어 그 나름대로의 연구방법을 개발시키고 있다.

문학연구도 귀납·연역 등의 방법과 그 자체의 독특한 방법을 가지고 순수과학의 상태는 아닐지라도 일정한 지적 수준에 있는 사람이 논리적이고 합리적인 결론에 도달할 수가 있다. 그러나 자연과학은 정확한 수치를 합리성의 기준으로 요구하지만(소위 객관성은 그것으로 보장된다) 문학연구, 나아가서는 역사·철학 등의 인문과학은 인류라는 주체가 생긴 이래의 오랜 삶의 경험을 통하여 얻은 가치관에 대응하는 합리성을 목표로 한다.

이 문제는 지금 여기서 더 길게 이야기하지 않기로 한다. 다만 분명히 할 것은 문학이라는 현상은 다분히 비합리적·감상적일 수도 있으나, 그것에 대한 우리의 논의는 단순한 호불호(好不好)의 취미담을 넘어서 합리

적이고 체계적이 되도록 해야 한다는 것이다. 즉, 문학
연구가 되어야 한다는 것이다.

제2장 문학의 본질

1. 언어의 특수한 사용

위에서 우선 문학은 시·소설·희곡 따위의 글이라고
했다. 무척 막연한 정의에 불과하다. 무릇 정의에는 본
질에 대한 언급이 반드시 포함되어야 한다. 시·소설·희
곡의 본질을 이루고 있는 것은 무엇일까? 우리는 잠정
적으로 그것을 '잘 씌어진 글'이라고 하자. 즉, 문학은
그냥 쓴 글이 아니라 의도적으로 잘 쓰려고 한 글이다.
그러니까 잘 쓰고 못 쓰고의 기준은 무엇이냐가 문제가
되고 무슨 글이냐, 그 의미가 무엇이며 얼마나 중요하
냐가 또한 문제될 것은 정한 이치다. 이 양면을 우리는
혼동하는가, 그 중 하나를 무시하든가, 그렇다고 그 둘
을 전혀 별개의 것인 양 철저히 구별하든가 해서는 안
된다. 이 점은 아래에서 간간이 거론될 것이다.

문학의 그러한 양면성을 무시하고 글로 씌어진 것은
모두 문학이라는 생각이 있긴 했다. 우리가 쓰는 문학
(文學)이라는 말은 본래는 '글 공부'를 뜻했다. 즉, 문학
은 '글로 씌어진 모든 것을 공부하는 것'을 뜻했다. 서양

말의 literature도 본래 '글로 씌어진 것'이라는 뜻인 것을 보면 글로 씌어진 모든 것을 가리켜 문학이라고 총칭하였던 것을 알 수 있으나 현대에는 소위 '잘 쓴 글'이 그대로 다 문학이 되는 것은 물론 아니다.

법률조항도, 광고문도, 정치 연설도, 과학적 설명도 다 그들 대로 잘 쓴 글이라고 할 수 있다. 법률적으로 잘 쓴 글, 즉 법조문은 명확하고도 단순하며 만인의 의견이 일치하는 해석을 낳는 것이어야 하듯이 문학적으로 잘 쓴 글은 문학 특유의 어떤 기준(법조문과는 다른)에 의하여 잘 쓰고 못 쓴 것이 판별되어야 할 것이다. 즉, 잘 쓴 법조문과 잘 쓴 문학은 서로 다른 세계에 속하는 글들이다. 법조문이나 과학논문이나 문학에서 사용하는 말 자체는 말이란 면에서는 같은 것이지만—법조문에서도 사람, 과학논문이나 문학에서도 사람이라는 낱말을 다 사용한다—말의 사용방법은 각기 특수하다. 일반적으로 사람의 말은 일상적 사용·과학적 사용·문학적 사용으로 나누어 생각할 수 있다.

우선 말의 과학적 사용과 문학적 사용을 구별해 보자. 물론 칼로 벤 듯이 확연히 구별되기를 기대하기는 어려우나 두 가지 사용법의 근본 취지는 쉽사리 구별된다. 과학적 언어는 어떤 사실에 대한 순전한 기호가 됨을 바람직한 목표로 하고 있다. 어떤 사물을 가리키는 말은 그 사물 하나 이외에는 더 다른 것을 부가적으로 뜻하지 않는다. 따라서 그 말은 그 사물에 대한 단순·명백한 기호 표시이다. 그러니까 사물과 기호(말) 사이에는 1 대 1의 정확한 대응 관계가 성립된다. 일반적으로 기호 또는 표시는 그 자체에 어떤 성질이나 의미나 매력이 있어서는 안 된다. 예를 들면 '위험'이란 표시는 그 표시 자체가 위험하다는 의미도 아니고 위험이란 낱말을 음미하란 말도 아니고 간판쟁이의 붉은 글씨를 감상하라는 말은 더더구나 아니다.(그렇다면 정말 위험에 빠진다) 그것은 순전히 위험한 상태라는 사실이 있음을 가리키는 표시다. '위험' 대신에 빨간 불빛, 또는 영어로 'Danger', 해골표를 해놓아도 결과는 꼭 마찬가지일 수가 있다. 위험·Danger·해골표·빨간 불빛 등 전혀 다른 기호들이 동일한 사물을 가리키는 것을 보아도 기호는 단지 대상으로 하고 있는 특정한 사물을 가리키기 위한 단순한 수단일 뿐이다. 기호나 표시는 사회의 약속하에 정해지는 실로 우연한 것이다. 그런데 우리가 가끔 잊고 있지만 잘 생각해 보면 우리가 쓴 말 자체도 실은 기호의 연속이 아닌가? '위험'이란 낱말도 그 글자나 소리가 위험한 상태와 필연적 관계가 있는 것이 아니라 우연히 그런 사실을 표시하기로 약속된 기호인 것이다.

그러나 우리의 일상 언어는 그런 기호적 성질 외에도 또 다른 성질을 띨 수도 있으니까 순수한 기호 노릇을 하기에는 좀 미흡한 데가 있다. 더구나 한국 바깥에 나가면 쓸모가 없어지는 기호다. 영미에서는 'Danger'란 표시를 쓴다. 즉, 지역적으로 제한되어 있다. 자연과학, 그리고 되도록 자연과학을 닮으려는 많은 학문에서는 되도록 그런 국어의 제한성을 벗어난 명실공히 보편적 기호, 세계의 누구에게나 동일하고도 유일한 사실을 가리키는 기호들을 사용하려고 노력한다. 수학은 그 중 제일 성공적일 것이다. '하나 더하기 하나는 둘'이라는 말은 진리이지만 한국어를 아는 사람에게만 통하는 기호로 표시된 진리라 전달에 애로가 있지만 '1+1=2'는 세계 공통이다. 숫자는 인간이 만들어서 쓰기로 약속한 가장 편리한 기호 체계다. 어쨌든 숫자를 안 쓴다고 해도 말 자체를 숫자 쓰듯이 단순 명백하게 누구에게나 같은 뜻이 전달되도록 하는 말의 사용법을 철학자들은 외연(外延, denotation)이라는 힘든 명칭으로 부른다. 우리는 쉽게 '말의 표시적 사용'이라고 하자. 과학논문·논리학·법조문·역사적 서술·국어사전, 심지어는 일부 문학연구 논문까지도 정도의 차이는 있으나 되도록이면 말을 표시적으로, 외연적으로 사용하는 것을 이상으로 삼는다.

　다음의 예를 보자.

　'국화(菊花) 圈[식] 국화과(菊花科)에 딸린 관상용(觀賞用)으로 심는 다년생(多年生)의 풀. 줄기는 조금 목질성(木質性)을 띠었고 보통 높이는 1m쯤 됨. 잎은 어긋배겨 붙었고 난형(卵形)이며 결각(缺刻) 또는 톱니(鋸齒)가 있음. 꽃은 두상화(頭狀花)로 테두리는 설상화관(舌狀花冠), 가운데는 관상화관(管狀花冠)으로 대개 가을철에 핌. 원예품종(園藝品種)은 수백 종이나 되는데 꽃빛이나 꽃 모양이 여러 가지임. 관상용 외에 잎이나 꽃을 먹는 종류도 있음.'

이것은 어느 국어사전에 나오는 국화의 정의이다. 이 글은 우리로 하여금 국화에 대한 객관적 지식을 그대로 전달하려고 애쓰고 있다. 순전히 정보 전달을 목적하고 있다. 따라서 이 글에 쓰인 낱말이나 문장은 하나같이 무미건조하다. 기호 자체는 무미건조할수록 본래의 사명을 다하는 법이다. 국화에 대한 과학적 진술은 대개 위의 글과 비슷할 것이다. 국화에 대해서는 위와 비슷한 말만 할 수 있을 뿐인가? 물론 안 그렇다. 우리가 애송해 마지않는 서정주의 〈국화 옆에서〉도 틀림없이 국화에 대한 글이다.

그립고 아쉬움에 가슴 조이는
머언 먼 젊음의 뒤안길에서
인제는 돌아와 거울 앞에 선
내 누님같이 생긴 꽃이여

국어사전에 정의한 '국화과에 딸린 다년생 풀'에 이런 의미가 주어질 수 있으리라고 서정주 이전에 누가 꿈이

라도 꾸었을 것인가! 그런데도 얼마간의 정신적 성숙도
를 가진 사람이면 이 전혀 새롭게 첨가된 의미를 옳다
고, 아주 멋있게 옳다고 시인하게 되는 것이다. 그 새로
운 의미가 옳다고 시인된다는 것은 그것이 그냥 첨가된
것이 아니라 본래부터 숨어 있던 것을 발견해 낸 것이
라는 뜻처럼 된다. 그러나 국화에 그런 의미가 정말로
숨겨져 있었다면, 그래서 서정주의 발견 이후론 그것이
국화의 일반적 의미의 일부가 되었다면, 국어사전과 식
물학책은 다시 고쳐 써야 할 것이다. 그렇게 할 수는
없다. 그것은 어디까지나 서정주 시의 특수한 의미이고
보편적·과학적 의미는 아니다.

이처럼 말을 문학에서 사용할 때 어느 경우나, 어느
낱말이나 다 그렇게 될 수는 없어도, 상당한 분량의 말
은 본래 사전에 정의되어 있는 의미뿐 아니라 그 의미
에다 전혀 뜻밖의 특수한 의미, 또는 보통 느끼긴 하면
서도 꼭 집어서 말할 수 없던 의미, 사전적 의미에 충
돌하는 의미, 합리성을 구하는 실생활에서 멀리하려고
하는 마술적·미신적 의미 등등이 어울려서 단지 그 한
번 그 글 속에서만 통하는 의미를 형성하는 것이 문학
적 언어 사용의 큰 특징이다. 물론 문학적 언어가 모두
그렇게 새로운 의미들의 연속은 아니다. 상당한 양의
말의 표시적 사용도 없어서는 안 된다. 그러나 과학적·
학술적 서술에서 되도록 피하려고 하는 특수하고도 개

별적인 의미를 의식적으로 추구하는 것이 문학이다. 한 마디 말에다 여러 의미를 한꺼번에 포함시키려는 이러한 말의 사용법을 철학적으론 내연(內延, connotation)이라 하지만 우리는 쉽게 '말의 함축적 사용'이라 해도 무방하다.

말의 표시적 사용에서는 기호 구실을 하는 말과 가리키는 대상과는 '기호＝대상'의 관계가 성립되나 함축적 사용에서는 말에 기호 구실을 일부러, 되도록 안 시키려고 한다. 따라서 문학적으로 쓰인 말은 객관적 대상(과학이나 논리가 규정하는 대상)에 대한 표시의 면은 축소되고 그 자체의 특수한, 유일한 의미의 덩어리가 된다. 즉, '말〉대상', 또는 '말≧대상'의 관계가 성립될 것이다. 예를 들면, '서정주의 국화〉국어사전의 국화', 또는 '서정주의 국화≧국어사전의 국화'란 말이다. 따라서 함축적으로 사용된 말의 의미는 객관성이 축소되어 파악하기가 모호하고 걷잡을 수 없을 때가 많다. 서정주가 말하는 국화도 어떤 의미의 국화인지 생각하면 생각할수록 모호해진다. 대체로 표시적 사용은 우리의 논리적·합리적 사고방법에 호소하지만 함축적 사용은 우리의 감정적 태도에 자극을 주는 편이 많은 것도 사실이다. 이 문제는 아래에서 다시 거론된다.

다음은 말의 문학적 사용과 일상적 사용의 차이를 살펴보자. 물론 이 둘도 대번 알아볼 만큼 확실히 구별되는 것은 아니다. 일상적 사용에서는 표시적 사용은 물론 함축적 사용도 이용한다. 무서운 시아버지를 며느리가 '호랑이'라 불렀다면 그건 특별히 독창적인 것은 아니나, 호랑이란 말의 과학적(생물학적) 의미의 확대 및 첨가인 것만은 틀림없다. 즉, 함축적 사용이다. 그러나 일상생활에서는 의식적으로 함축적 언어만을 사용한다든가 또는 함축성을 배제한 표시적 언어만을 사용하는 일이 별로 없다.(만일 그렇다면 그런 사람은 다분히 문학적이어서 남이 알아듣지 못하든가 정신이 돌았다고 할 것이고, 또는 학자처럼 유식하게 군다고 건방지다고 할지 모른다) 일상 언어는 과학이나 문학처럼 일관성이 없이 한 언어 사회에서 일상생활에 통할 수 있는 정도 내에서 표시적 언어와 함축적 언어를 무자각하게 혼합하여 사용한다. 따라서 일상 언어는 일관성 있게 높은 정도로 과학적이든가 문학적일 수 없다. '국화는 거름을 잘 주어야 가을에 꽃이 잘 핀다'는 정도의 과학적 진술, '국화꽃은 교만하지 않은 아름다운 아가씨 같다'는 정도의 문학적 발언은 일상생활에서 허용되나 위에 인용한 국어사전처럼, 서정주처럼 말하다가는 사회에서 따돌림을 받는다.

2. 문학의 테두리

위에서 문학이라는 글(말)의 특징을 과학의 말과 일
상생활의 말에 비추어 대략 알아보았다. 그러나 문학이
라는 글의 특징이 그런 면에만 있는 것은 아니다. 이미
잠깐 언급하였듯이 한 편의 글을 누가, 무엇에 대하여,
누구에게 쓴 것인가를 알아보기 전에는 그 의미가 완전
히 살아나지 않을 때가 많다.

우선 누가 썼느냐는 문제, 즉 작자의 문제는 문학말
고 다른 글에서도 중요할 수 있다. 과학적 진리를 전달
하고자 하는 사람이 그것을 틀리게 전달했을 때 저자로
서의 책임은 벗어날 수 없는 것이다. 일반적 저술 또는
발언의 경우 저자 또는 발언자는 그 글(말)의 내용의
진위에 대한 학술적·법률적·도덕적 책임을 지게 마련이
다. 문학의 작자도 그 같은 학술적·법률적·도덕적 책임
을 전혀 지지 않는 것은 아니지만, 그것은 지엽적인 문
제다. 서정주도 〈국화 옆에서〉 때문에 학술적으로 틀린
말을 하고 있다든지, 무슨 보안법에 저촉된 말을 했다
든지, 도덕적으로 나쁜 영향을 주는 말을 했다든지 하
는 이유로 문책을 당하지 않았다. 근본적으로 문학에서
의 저자는 원고료나 인세를 받는 법률적 공민으로서보
다는 문학이라는 특수한 글을 만들어 낸 창조의 주체로
서 의미가 있다. 〈국화 옆에서〉에는 분명히 어느 한 사

람의 특유한 '입김'이 서리어 있고, 이 '입김'이 그 시 작품의 전체적 의미에 의식·무의식적으로 참가하고 있다. 우리는 '문학은 개인의 사상과 감정의 표현'이라는 정의를 흔히 듣는바, 이 비슷한 정의는 모두 작가가 작품 속에서 갖는 의미를 강조하는 문학관에서 나온 것이다. 작가가 그의 작품의 의미 속에 참여하는 방식은 매우 간단할 수도 있지만—'나는 민주주의를 신봉한다. 만인은 평등이다'라고 작품 속에서 소신을 밝히기 위해 외치는 경우 그렇다—보다 공들인 작품일수록 그것은 매우 복잡미묘하다. 위에서 입김이란 말을 했지만 기실 작가의 사상과 감정이 작품 속에 잠입하는 과정은 입김처럼 종잡기 힘들다. 명백한 선언을 피하고 특수한 어조(tone)·음색·특징적 낱말 선택 및 배열 등에 의하여 자신의 모습을 모호하게 만드는 것이 보통이다.

작자에 대해선 우선 예비적으로 이만큼만 생각해 두자. 문학은 과학처럼 그 진술의 대상이 단순 명백한 것은 아니나(예컨대 한용운의 〈님의 침묵〉은 무엇에 대한 것인가, 쉽게 답할 수 없다) 그렇다고 어떤 대상이 없는 것은 아니다. 〈국화 옆에서〉는 분명히 우리가 화분에 심어 가을에 즐기는 국화, '큰사전'에서 설명하고 있는 바로 그 국화와 전혀 엉뚱하게 다른 것은 아니다. 물론 위에서 말했듯이 그보다 훨씬 많은 다른 뜻을 포함하고 있지만.

문학이 아무리 과학하고 다르다 해도 문학에서 언급하는 대상들은 근본적으로는 다 이 우주 속에 존재하는, 또한 존재하는 것으로 믿어지는 온갖 사물이다. 하늘·땅·사람·짐승·초목 등 눈에 보이는 것은 물론 학문·군사·가정·사회·행복·사랑·미움 등 심리적·정신적 현상과 이념도 다 문학의 대상이 될 수 있다. 따라서 문학 작품의 의미에는 자연 만상(萬象)과 인간 만사의 의미도 포함된다고 할 수 있다.

〈국화 옆에서〉는 가을철 국화꽃의 의미가 어떻게, 얼마만큼인지 확언할 순 없으나 포함되어 있는 것은 사실이다. 이 사실을 도외시한 문학의 정의는 결함이 있을 수밖에 없다. 문제는 하늘이 천문학에서처럼, 사회가 사회학에서처럼 단순·명백한 대상이 되어 있지 않다는 것이다. 그렇다고 해서 문학에서는 대상을 되는 대로 흐리터분하게 취급하지는 않는다. 우리는 실사회의 정확한 묘사니, 인간사에 박진(迫眞)하는 서술이니 하는 말을 문학론에서 자주 듣는데, 이 말들은 문학에서는 그 특유한 방법으로 대상에 대한 정확한 취급이 대단히 중요하다는 것을 잘 알려 주고 있다. 과학에서만큼 문학에서도 대상은 중요하다. 그러나 대상이 문학적으로 취급될 때의 변형·변질의 과정과 정도는 측정하기 힘들다.

'즐거움과 교훈을 동시에 주는 것이 문학이다'라는 정

의도 우리는 가끔 듣고 그 타당성을 대체로 인정한다. 이 정의는 문학을 그 언어나 작가나 취급 대상의 편에서 본 것이 아니고 독자의 편에서 본 정의다. 즉, 문학은 누구를 상대로 하여 무슨 목적으로 씌어졌는가 하는 문제에 주안하여 생긴 정의인 것이다. 문학작품은 그 의미가 간혹 모호하고 까다롭고 기분에 썩 상쾌하지 않는 것일지라도 제삼자에게 전달됨으로써 비로소 그 의미의 실현이 실질적으로 가능해진다. 다시 말하면 독자가 읽어 주니까 의미가 햇빛을 보는 셈이다. 그래서 어떤 사람들은 독자의 독서 경험이 곧 문학이라고 정의하기까지 했다. 일반적으로 의미가 어떻게 타인에게 전달되느냐 하는 문제는 의미론 내지 인식론이라는 까다로운 철학 문제가 되지만, 문학연구에서는 특별히 문학작품의 의미가 독자에게 어떻게 파악되어 어떤 영향을 미치는가에서 시작하여 문학의 사회적 역할 및 효용 가치까지 생각하게 된다. 이 문제 역시 그리 쉽사리 해결되지는 않는다.

작품의 그 복합적 의미가 어떻게 한꺼번에 전달되며 전달을 받은 독자의 태도는 어떻게 변모되는지, 더욱이 같은 작품을 읽고 난 독자들의 반응이 왜 그리도 다양하고 상충(相衝)하는지, 문제는 자연히 생기게 마련이다. 그렇지만 문학이 독자에게 가지는 의미의 그러한 특수한 성질도 문학의 본질에서 연유하는 것인 이상 중요하게 다루지 않을 수 없다.

3. 문학과 현실 : 모방설

　문학은 삼라만상과 인생 만사와 관계가 있다. 위에서 예를 든 〈국화 옆에서〉는 삼라만상의 하나인 국화꽃이 가장 중요한 대상으로 등장한다. 이광수의 〈흙〉에는 농촌사회라는 인생 만사 중의 하나가 전개된다. 이처럼 문학을 문학 밖의 세계와의 관련에서 규정하고자 하는 데에 소위 문학 모방설이 등장하는 것이다.

　모방설에 의하면 문학은 언어를 수단으로 하여 우주의 모습과 인간의 경험을 재현한 것이다. 이런 견지에서 보면 문학은 외부의 사물을 선과 색채로 평면상에 흉내내는 그림과도 같다. 자연의 모습, 이를테면 봄날에 핀 빨간 꽃의 자태 또는 봄날에 밭을 갈며 가을의 수확을 꿈꾸는 농부를 묘사하는 것은 그림으로도 할 수 있고 글로써도 할 수 있는 모방 행위인데, 단지 모방의 수단들만이 다를 뿐이다. 그러나 물론 문학엔 그림이 미치지 못하는 모방의 영역이 있다. 셰익스피어의 〈햄릿〉은 한 개인의 행위를 모방, 즉 재현할 뿐 아니라 한 특수한 사정에 처한 개인의 내면적 투쟁도 재현하고 있다. 이러한 내면성이야말로 그림이 따라오지 못할 영역인 외적 및 내적 경험을 모방하고 있다고 할 수 있는

것이다. 이 관점은 적어도 서양에서는 가장 오래된 것
으로서 기원전 4세기의 플라톤과 아리스토텔레스의 문
학론의 근간이 되어 있다.

실재(實在) 또는 진리는 눈에 보이지 않는 것이라고
믿은 플라톤은 오직 순수한 이성의 작용으로만 실재를
파악할 수 있다고 했다. 문학은 눈에 보이는 세상을 모
방, 즉 흉내낸 것이니까 실재와 진리에서 너무나도 멀
다고 비난하였다. 그래서 그는 순수 이성을 구사하여
실재와 진리를 파악한 철학자가 지배자 노릇을 하는 '이
상국(理想國)'이 이룩되면 문인이나 화가는 쓸데 없는
존재니까 추방하겠다고 했다. 그런데 그의 제자인 아리
스토텔레스는 그와는 철학사상이 좀 달라서 많고도 많
은 사물이 잡다하게 존재하는 이 세상에서 보편적인 또
는 거의 보편적 의미를 발견하면 그것이 곧 진리를 발
견하는 것이라고 믿었다. 문학은 인생을 모방하는데,
단지 일반적으로 인생의 아주 특수한 한 면만을 모방
재현하는 것이 아니라 인생은 이러이러한 것이라 하는
보편타당성 있는 면을 모방하는 것이므로 진리를 제시
한다 하였다. 그는 철학적 보편성과 문학의 보편성을
구별하여 후자를 개연성(蓋然性, probability)이라 하
였는데 이 말은 모방설의 근본 개념이 되었을 뿐 아니
라 일반적으로 문학론의 근본 개념의 하나가 되었다.

우리는 이광수의 〈흙〉이 허숭이라는 특수한 개인의

생활사를 있는 그대로 기록한 것만이 아니라(그럴 경우
그것은 모방이 아니라 베끼기〔模寫〕이다), 한마디로 규
정짓기는 힘들지만 인생은 대체로 그럴 거라는 것임을
또한 제시하고 있다. 모방이라는 낱말은 우리 귀에는
약간 낯설게 들린다. 고대 그리스 사람들을 제외한 서
양 사람들도 그 말이 아주 썩 마음에는 안 들었던지 재
현(representation)·재생(recreation)·복사(repro-
duction) 또는 간혹 제시(presentation) 등등의 낱말
을 사용하였다. 이렇게 외부의 사물을 되받아서 나타내
보이는 것이 문학이라는 관점에서 문학을 즐겨 거울에
다 비유하기도 했다. 문학은 삼라만상·인간 만사를 반
영하는 '거울'이라는 말은 우리가 많이 듣고 또한 상당
히 수긍할 만한 말이다. 〈홍길동전〉에는 양반·상민·적
자(嫡子)·서자(庶子)를 엄격히 구별하던 이조시대의 불
합리한 사회상이 잘 '반영'되어 있다. 옛날 어떤 사람은
문학을 '말하는 그림'이라고 정의하였는바 그 역시 모방
론의 일단이다. 〈관동별곡(關東別曲)〉을 읽으면 관동의
명승지가 그림 보듯 환히 전개된다고 우리는 무리를 느
끼지 않고 말한다. 재현·재생·제시·거울·반영·그림 등
등은 그러니까 모두 모방론에 속한 개념들인 것이다.

　그러나 모방이라는 개념에는 '진짜가 아닌 것'이라는
관념이 스며드는 것을 어쩔 수가 없다. 진짜가 아니니
까 가짜다. 그런 의미에서 플라톤은 문학을 공격했던

것이지만, 오늘날의 우리도 소설을 가리켜 '꾸며낸 얘기', '허황된 얘기', '거짓말'이라고 약간 경멸하는 경우도 없잖아 있다. 모방설에서 문학과 외부 세계와의 관계는 그리 쉽게 해결될 수 없는 문제로 남는다. 아리스토텔레스가 특수한 사실의 기록으로 끝나는 역사와 특수한 사실을 통하여 개연적 진실(probability)에 도달하는 문학을 구별한 것은 탁견(卓見)이 아닐 수 없다. 엄격히 말하면 역사적 기록도 일종의 언어에 의한 모방임에 틀림없다. '1446년 세종대왕이 훈민정음을 반포하셨다'는 내용의 ≪이조실록≫의 기록은 세종대왕의 행위를 정확히 말로 재생(즉 모방)한 것이다.

모든 인간의 행위는 단 한 번밖에 발생하지 않는다. 이것이 소위 역사적 일회성(一回性)이라는 것이다. 그 단 한 번의 사실은 절대적이다. 그것에 대한 기록(또는 문자적 모방)은 그 사실에서 떠날 수가 없다. 문학 역시 어떤 특수한 사실을 기록, 즉 모방하고 있다. 세종대왕이 한글을 반포하던 당시까지도 문학에서(역사소설에서) 모방할 수 있다.

일반적으로 문학은 한 특정한 배경과 시대와 사회와 인물을 등장시키는 점에서 역사를 많이 닮고 있다. 그러나 문학은 그러한 특정한 사실을 이야깃거리를 위해 꾸며낸다는 것이 역사와 제일차적으로 구별되는 점이다. 역사는 꾸며낼 수 없다. 문학은 주로 꾸며낸다. 이것이

'진짜가 아니고 꾸며낸 것'이라는 또 다른 의미의 모방이다. '세종대왕이 그 28년에 한글을 반포하셨다'는 후세 역사가의 진술은 그것이 실지로 있었다는 확언이다. 확언은 누구나 납득할 증거(이를테면 ≪이조실록≫)가 있다. '세종대왕은 한글을 반포하기 전날 밤 좋은 꿈을 꾸고 기분이 좋아서 한참이나 혼자 웃으셨다'는 글이 있다면 이것은 세종대왕의 한글 반포만이 역사적 근거가 있을 뿐 나머지는 모두 꾸며낸 것이다. 만일 이 글이 아무개가 쓴 역사 연구서에 들어 있다면 학계에선 큰 일이 날 것이고, 아무도 그것을 역사적 지식으로 취급하지 않을 것이다. 그러나 그런 글도 있을 법하다. 세종대왕이, 아니 누구든지, 민족 대대손손에게 더없이 큰 일을 시행하게 되는 순간 좋은 꿈을 꾸고 기분 좋아 웃을 수 있다는 것은 누구나 납득할 수 있다. 즉, 꾸며낸 이야기는 역사적으로는 거짓이고 무가치하지만 또 다른 면으로 보면 진실된 것이다. 쉽게 말해서 이것이 문학이 목적하는 개연성이라는 것이다. 이처럼 모방설에서 개연성을 내포한 꾸며냄, 즉 허구(fiction)는 중요한 개념인 것이다.

문학의 세계는 모방의 세계, 곧 허구의 세계다.

4. 허구로서의 문학

문학은 특수한 사실을 모방 또는 묘사하는 역사와는

달리 개연성을 모방한다고 말한 아리스토텔레스는 바로
그 개연성이 문학의 허구성을 정당화한다고 하였다. 작
가도 특수한 사실(그 자체를 역사에서 빌려 왔거나 꾸
며냈거나 간에)을 취급함에 있어 보편타당성, 즉 개연
성을 부각시켜야 한다. 아무리 허구라 할지라도 그 조
건은 충족시켜야 한다. 바꾸어 말하면, 그러한 조건을
충족시키는 한도 내에서 어떠한 허구라도 가능하다. 그
래서 실재와 상당히 닮은, 거울의 반영과 같다고 할 정
도로 무척 닮은 허구에서 실재와 전혀 닮지 않은 허구
(〈금오신화〉〈구운몽〉〈손오공〉〈서동지전(鼠同知傳)〉
등)에 이르기까지 허구성의 정도는 다양하다. 문학의
진실은 역사나 과학처럼 실제 사실과의 합치를 뜻하지
는 않는다. 우리는 〈손오공〉이야기를 확인하기 위하여
역사책을 뒤지지 않는다. 〈손오공〉은 그 이야기 스스로
가 그럴 듯하다. 손오공은 그 이야기 밖에서는 존재가
없다. 〈흙〉의 허숭은 손오공보다도 훨씬 사실을 닮았지
만 역시 〈흙〉이라는 꾸며낸 소설의 세계 속에서만 존재
할 뿐이다.

우리는 소설 밖에서의 허숭을 생각할 수가 없다. 허
숭이 늙도록 살다가 6·25사변 때에는 어디로 피난갔을
까를 생각해 본다는 것은 쓸데없을 뿐 아니라 간혹 위
험한 공상일 뿐이다.(허구와 실재를 혼동하는 것이 정
신병의 특징이니까) 아름다운 산이 그려져 있는 풍경화

를 보면서 산 뒤에는 무엇이 있을까고 상상해 보는 것이 그 그림 자체와는 무관한 행위인 것과 같이 한 문학 작품은 현실과 아무런 단절 또는 단락이 없이 그냥 현실에 계속되는 것은 아니다.

이와 같이 작가는 지금까지 존재하지 않았던 세계를 창조한다. 그러나 그의 세계는 전혀 엉뚱한 창조물이 아니라 실제 사실과 닮은 바가 있다. 즉, 그의 모델은 현실 세계다. 손오공은 실제로는 존재할 수 없는 원숭이이지만, 그는 우선 사람을 모델로 하고 있다. 물론 그가 모델로 하고 있는 사람은 우리가 간혹 꿈꾸어 보는 초인(superman)의 하나다. 우리는 마음대로 커졌다 작아졌다 하는 몽둥이를 갖기를 원하기도 한다. 우리는 우리 인간의 제한성을 넘고자 하는 꿈을 가끔 가지는 것이 현실이다. 손오공은 바로 이러한 꿈의 실현이고 그러한 공상적 능력 이외에는 희로애락의 감정과 행동양식에 있어 완전히 평범한 인간을 닮고 있다. 이처럼 문학의 허구는 현실의 직접적 반영은 아니나 현실에서 완전히 담을 쌓은 전혀 새로운 것도 아닌 것이다. 허숭은 대한민국 호적부에 기재되어 있는 인물의 기록은 아니나 여하튼 한 사람의 〈모방〉임엔 틀림없다. 손오공의 여의봉(如意棒)은 실제의 몽둥이의 모방은 아니나, 여하튼 아주 특수한 종류의 몽둥이의 모방인 것은 사실이다.

작가의 꾸며내는 일은 창조인 동시에 모방이라는 양

면성을 갖는다. 그의 창조라는 것은 사실과의 관련에서 이루어지며, 이 관련이란 유추(類推, analogy)를 토대로 해서 이루어진 것이며, 그 결과 개연성을 드러내도록 되어 있다. 이런 의미에서 문학은 무책임하고 무의미한 허구가 아니라 의미 있는 허구이다.

문학과 현실은 단절된 것이 아니라 유추적 관계를 가지고 있다는 말을 좀더 생각해 보자. 소위 유추적 관계라는 것이 문학적 모방(또는 허구)으로 하여금 어떤 성격을 띠게 하는가? 물론 개연성을 띠게 한다. 그러나 개연성이란 구체적으로 어떻게 나타나는가? 이것은 무척 까다로운 문제로 남아 있지만, 많은 사람들은 그것을 전형(典型, type)적인 것으로 규정짓는다. 허숭이라는 인물은 실제로 존재하지 않았지만 그러그러한 인물의 전형이다. 또 그 인물이 처한 정황(情況, situation)도 전형적이다. 전형적 인물과 전형적 정황은 개인과 개별적 정황만이 존재하는 현실 세계에서는 직접 찾아볼 수 없는 것이고 단지 막연히 경험의 귀납(歸納)으로 의식하고 있을 뿐이다. 문학적 허구의 이러한 전형적 특질이 문학의 보편성을 지탱한다. 개별적 특수 사실은 국외자(局外者)가 그 의미를 이해할 수 없으나, 전형적 사실은 모든 사람에게 이해될 가능성이 크다. 한국 사람인 우리가 〈햄릿〉을 읽고 햄릿 개인의 특수한 이야기가 아니라 그것을 통하여 사람의 어떤 전형적인 면모를 보게 되는 것이다.

앞에서 우리는 문학적 허구가 만인이 공감할 전형적 성질을 가진 것임을 강조하였다. 그러나 또 한편 문학은 허구인만큼, 즉 꾸며낸 것이니만큼, 작가의 창작이니만큼, 전혀 새로운 창조물이라고 볼 수 있는 면도 무시할 수 없다.

5. 표현으로서의 문학

우리가 상식적으로 알기에는 전형이라는 것은 많은 개체들의 대표이고, 또 대표이니만큼 개체들보다 그 수량이 훨씬 적을 수밖에 없다. 그러나 전형을 취급하는 문학이 작품마다 취급하는 전형은 서로 다르다는 사실은 일견 수수께끼다. 세상에 개체가 있는 만큼 문학적 전형도 그만큼 있을 수 있다. 문학적 전형은 확실히 평범한 경험의 귀납에서 주어진 것이 아니고 작가의 개별적 특수한 발명이기도 하다. 하나의 문학적 허구에서 제시된 전형은 분명히 그 작가가 제시하기 전에는 실제로 세상에 존재도 하지 않았거니와 아무도 바로 그렇게는 파악하고 있지 못한 것이었다. '허숭'이란 인물과 그가 처했던 정황은 이광수 전에는 바로 그런 형태로는 아무도 알고 있지 못했다. '젊음의 뒤안길에서 돌아와 거울 앞에 선 누님을 닮은 국화'는 확실히 서정주의 특

유한 발견이다. 이러한 관점에서 보면 문학은 작가의
내부 정신에서 응어리져서 나오는 현상이다. 문학작품
은 모두 독특한 개성과 감정과 사상을 가진 작가의 특
수한 유출물이다. 문학은 작가의 사상과 감정의 표현이
라고도 할 수 있는 소이를 알겠다.

영국 시인 워즈워드의 말을 빌리면 '시는 거센 감정
의 자연적 범람'이다. 풍부한 감정·풍부한 사상의 넘쳐
흘러나옴이 문학이라는 주장은 적어도 낭만주의 시대
이후에 널리 알려진 생각이다. 그런데 이처럼 풍부한
사상과 감정이 아무에게나, 어느 때나 주어지는 것은
아니다. 그것은 문학적 천재에게만 주어지는 특전이다.
문학적 천재도 아무 때나, 어디서나 그것이 가능한 것
은 아니라고, 자기가 원한다고 해서 쓰고 싶을 때 쓰면
작품이 되는 것은 아니라고 많은 작가들 자신이 이야기
하고 있다. 워즈워드가 말한 것처럼 감정의 '자연적 범
람', 즉 감정 자체가 그 스스로의 의지에 따라(시인 자
신의 의지가 아니라) 유로(流露)한다는 것이다. 이와
같은 문학의 자발적 유로는 특히 시의 경우 현저하며,
그밖의 문학 장르에서도 그런 특성이 보인다.

옛날 사람들은 자신도 모르는 사이에 창작 의욕에의
자극을 느끼는 것을 영감(靈感, inspiration)이라 했다.
우리에게는 시상(詩想)이란 말이 더 자연스럽다. 같은
말이다. 또는 시적 비전(poetic vision)이라는 말도 쓸

수 있다. 인스피레이션이란 말은 '보이지 않는 바람이 들어온다'는 뜻이다. 문인의 정신 속으로 신성한 힘(서양서는 그것을 시신(詩神), 뮤즈(Muse, 예술의 여신)의 혼이라 했다)이 들어와 그의 입을 통하여 언어로써 외부에 표현되는 것이 시라는 것이었다. 시인은 시신에게 점령된 영혼이다. 따라서 문학적 창작은 어딘가 초자연적인 데가 있으며, 그것은 일종의 예언, 주문(呪文)이다. 현대의 그 누구는 시를 '기도(祈禱)'라고 했는 바 역시 비슷한 생각이다. 물론 오늘날 문인이 초자연적 세력에 힘입어 창작을 한다고 곧이곧대로 믿는 사람은 무척 드물 것이다. 그러나 19세기로부터 현대에 이르기까지 사람들은 창작 행위가 독특한 문인의 정신 작용에 의한다고 믿고 있다. 그것을 '상상력' 또는 '조형 심리' 등으로 부르는 바, 상상력이란 일상생활의 온갖 경험을 토대로 하여 새롭고 의미 깊은 형상을 창조하는 능력이라고 보고 있다. 시인 셸리는 '시는 상상의 표현'이라고까지 했다. 확실히 문학은 인간이 그렇게도 다양하게 세상 만물을 경험하면서도 만나지 못한 새롭고 의미 있는(그런 의미에서 진리를 담은) 형상—인간상·감정 조직·행동 규범·세계상 등—을 나타내 보인다.

문학은 작자의 내부로부터 나온다. 서양선 표현을 ex-pression이라 하거니와 이 말은 밖으로 몰아낸다는 뜻이다. 몰아내어진 물건, 즉 문학작품은 그 작가의 내적 모습을 어떤 형태로든지 닮을 수 있을 것이다. 구체적으로 말하면 독특한 글버릇, 남달리 좋아하는 주제, 감정의 발상법을 우리는 감지할 수 있다. 좀더 힘든 개념으로서의 체질·색조·어조 등도 모두 작품이 반영하는 한 작가의 독특성의 면모들이다. 이광수의 소설을 여럿 읽으면 그의 '목소리'를 알아들을 수 있다. 이런 종류의 독특성이 잘 파악되지 않는 위대한 작가도 있을 수 있으나 일반적으로 작품은 작가의 개성을 반영한다고 믿어지고 있다.

'문체는 바로 그 사람이다'라는 프랑스 사상가 뷔퐁의 수수께끼 같은 말의 진의를 알 수 있다. 결국 문학 표현론의 귀결점은 문학작품을 통해 문학적 창조의 천재인 작가의 내면을 안다는 것이다. 누군가가 〈이광수론〉을 그런 견지에서 썼다면 그것은 바로 이광수의 많은 작품을 세밀히, 다각적으로 읽고 이광수의 독특한 사상과 감정과 개성을 생생히 재구성해 놓은 것일 것이다. 과연 문학적 천재는 다른 모든 천재와 마찬가지로 매력 있는 존재임에 틀림없다. 게다가 그는 매력 있는 개성에 못지 않는 무한한 매력의 창작품을 많이 남겨 놓고 그 작품에마다 자기의 내면을 교묘히 옮겨 넣은 것이다. 백열전구·축음기 등을 통하여 에디슨의 속사람을 측정하기란 불가능할지 모르나 〈진달래꽃〉〈못잊어〉〈산유화〉 등의 시편에 어른거리는 김소월(金素月)의 속사람과 우리는 대단히 친근할 수 있다.

여기까지 생각하다가 문득 모방설을 상기하여 보자. 모방설에서는 문학작품은 외부 사물의 모방·반영이 아니면 적어도 그와 관계가 있다고 주장한다. 그런데 표현설에서는 문학은 외부 사물이 아니라 작가 자신을 나타낸다고 믿는다. 모방은 외부 지향적이라면 표현은 내부 지향적이다. 즉, 모방과 표현은 정반대 방향으로 작용한다. 하나는 밖에서 작품으로, 또 하나는 작품을 통하여 내부를 보여 준다. 문제가 상당히 복잡해졌는데, 설상가상으로 문학의 또 한 가지 뚜렷한 성질이 우리의 시선을 끈다.

6. 문학의 효용

문학이 자연을 모방·반영하는 것을 보고 잘했다 못했다 감상하는 것은 누구인가? 문학적 표현에서 어떤 독특한 개성을 만나 매력을 느끼는 것은 누군가? 도대체 문학은 누구를 위하여 쓰어지는가? 괴테는 자신의 실연의 괴로움을 씻어 버리기 위하여 〈젊은 베르테르의 슬픔〉을 썼다고 하지만, 일반적으로 작품은 독자들을 위하여 쓰어진다. 독자를 무시하거나 경시하거나 기피하는 습성을 가진 작가도 있으나 그의 작품이 작품으로서 파악되는 것은 여하튼 독자의 경험(즉 독서)을 통해서뿐이다. 르네상스 때의 필립 시드니는 문학을 가리켜

'즐거움을 통하여 가르치는 글'이라고 하였다. 이것은 문학을 독자와의 관계에서 정의한 것이다. 우리는 이 문학관을 향수설(享受說)이라는 좀 듣기 어려운 낱말로 표현하지만 효용설(pragmatic theory)·영향설(影響說, affective theory)이라 해도 무방하다.

아리스토텔레스는 모방이란 본래 즐거운 행위이며, 또 실제를 대할 때보다 모방을 대하면 아름답고 즐겁게 느껴질 수 있다고 하였다. 무서운 짐승은 현실적으로는 두려운 것이나 그것을 잘 그린 그림은 즐거움을 준다는 것이다. 그러니까 모방으로서의 문학이 즐거움을 준다는 것은 당연한 이치다. 실제를 행동으로 모방(흉내냄)하는 것을 유희(游戱, play)라고 하거니와 문학을 유희에서 유래한 것이라고, 따라서 즐거운 것이라고 하는 이론가도 있다.

확실히 문학은 독자에게 일종의 즐거움 또는 쾌감을 주는 것이 사실이다. 물론 문학이 주는 쾌감은 작품에 따라서, 더욱이 독자에 따라서 종류나 정도가 천태만상이다. 소극(笑劇)은 단순한 웃음을 자아내며, 연애소설은, 심리학자들의 견해를 따르면, 인간의 가장 강한 본능의 대리적 충족에서 오는 만족감을 주며, 탐정소설은 호기심을 만족시킨다.

그러나 연애에도, 효도에도, 애국에도 성공하지 못하고 죽는 햄릿의 비극은 어떤 쾌감을 주는가? 확실히 그

것은 쾌감의 일종이지만, 확실히 그것은 결코 불쾌하지
않은 감동이지만, 그것을 어떻게 규정할 수 있는가?

아리스토텔레스는 그것을 카타르시스라 불렀다. 비극
적 정황이 일으켜 주는 두려운 감정과 깊은 동정의 감
정이 독자의 마음속에 가득 솟구쳐 올랐다가 개연성 있
는 결말을 보고 그런 감정들이 사그라지는 것이 카타르
시스라는 것이다. 카타르시스는 본래 소화불량 때 먹어
서 위를 말끔히 씻어내는 약의 이름이었다. 그러니까
비극이 주는 쾌감은 지나치게 고조되었던 감정들이 스
르르 풀려나갈 때의 쾌적감이란 것이다. 남이 고통을
당하는 꼴을 보고 즐거워하는 관객(독자)의 심리는 약
한 동물을 잡아먹으면서 눈물을 흘리는 악어의 심보나,
인간의 잔인성에서 유래하는 것이라는 냉소적 견해보다
는 확실히 카타르시스설(說)이 우리의 심리적 경험을
잘 설명해 준다고 할 수 있다. 여기다 다시 비극 역시
모방이고 모방은 근본적으로 즐거운 것이라는 견해를
첨가하면 더욱 좋을 것이다.

쾌감이라는 다분히 쾌락주의적이고 부도덕의 어감을
갖는 낱말 대신에 '감동'이라는 낱말을 쓰기 좋아하는
사람들도 많다. 감동은 물론 불쾌한 심리 상태가 아니
니까 쾌감의 한 형태임에 틀림없다. 〈장 크리스토프〉나
〈전쟁과 평화〉나 〈님의 침묵〉이 주는 감동은 단순히 쾌
락이라는 낱말로는 충분히 표현할 수 없는 그 어떠한

실질적인 것을 주는 듯하다. 그래서 이 경우 많은 사람들이 '감화'라는 말을 즐겨 쓴다. 감동하고 동시에 무엇인가 배운다는 것이다. 아니면 적어도 독자의 정신이 귀중한 변화를 체험한다는 것이다. 귀중한 것을 얻는다는 것은 물론 대체로 쾌적한 일이다. 즉, 감화는 기꺼이 받아들인 정신의 변화다.(정신이란 말이 너무 거창하게 들린다면 경우에 따라 심리·심경·태도 등 보다 '가벼운' 말로 대치할 수 있다)

정신적 변화, 심경의 변화를 경험하였을 때 구체적으로 어떤 상태에서 어떤 상태로, 어느 정도로, 어떤 내용으로 변했는지 막연한 경우가 허다하지만(〈젊은 베르테르의 슬픔〉을 읽고 난 다음의 여러분의 심적 변화의 내용을 말하려고 해보라) 그런 것이 비교적 뚜렷한 경우도 적지 않다. "나는 〈태산이 높다 하되〉라는 시조를 읽고 매일 조금씩 노력을 계속하면 무엇에나 성공할 수 있다는 신념을 굳혔다."고 자기의 심적 변화를 명확히 이야기할 수 있는 사람이 있을 수 있는 것이다. 이것은 아주 단순한 예이지만, 문학작품에서 무슨 뚜렷한 교훈을 얻는다는 것은 그렇게 단순치는 않지만, 막연한 감화가 아니라 상당히 분명한 지식이나 교훈을 얻을 수 있는 경우도 있다. 이런 경우 우리는 문학의 감화란 말 대신에 교화(敎化)란 말을 쓸 수 있다. 그래서 문학은 사회를 교화하는 도구라는 주장이 생길 수 있는 것이다. 교화는 물론 교육의 일종이지만 교육은 교육자가 피교육자에게 일방적으로 교훈 또는 지식 내용을 전달한다는 의미가 강한 반면(즉 강요적이다), 교화는 독자의 기꺼운 참여로 말미암아 스스로 얻어지는 정신의 변화인 것이다.

우리 문학사에서 최남선과 이광수가 주장한 문학 사상을 계몽주의라 한다. 문학적으로 계몽한다는 말은 곧 교화한다는 뜻이다. 그들은 문학으로써 한국 민족의 교화를 꾀한 사람들이었다. 〈흙〉은 어려운 형편하의 한국 사람이 어떻게 살아야 할지를 교화하려고 한 의도를 분명히 내포하고 있다. 교화의 입장에서 본다면 문학은 좋은 교훈을 주는 글이라고 할 수 있다. 문학을 그렇게 정의하면 많은 서정시·탐정소설·연애소설 등은 이 정의를 충족지 못할 위험이 있고, 위인전 또는 위인전을 닮은 문학이 가장 좋은 문학이 될 가능성이 있으나 많은 독자들이 문학에서 단순한 쾌감 이외에 실질적으로 얻는 것이 있기를 바라는 사실은 부인할 수 없다. 위대한 사상이 위대한 문학을 낳는다고 표현설에서 주장하고 있는바, 독자는 위대한 사상의 문학에서 위대한 사상을 배우고자 하는 것이다. 그러나 위대한 사상, 위대한 교훈이 반드시 문학으로만 전달되지 않고 철학서적·백과사전·설교·웅변으로도 전달될 수 있다. 톨스토이도 한참 문학을 통해 자기 사상을 전달하다가 마침내 문학이라는 수단을 버리고 설교와 수기의 수단을 택했다.

　사상 자체는 문학이든 설교든 그 수단에 의해서 변질되지 않는가? 이것은 큰 문제가 되어 있으나 문학 향수설에서는 근본적으로 변질되지 않는다고 믿고 있다. 즉, 문학은 사상을 효과적으로 전달하기 위한 수단, 즉 매개물이라는 것이다. 그러니까 문학 자체가 공여하는 것은 그 즐겁고 아름답고 재미있고 매혹하는 수단·장식·방법·길잡이의 역할이라는 것이다. 다시 말하면 문학은 형식과 내용으로 구분할 수 있는데, 내용은 사상·교훈·지식, 즉 문학 외적인 것이고 형식만이 순전한 문학의 속성이라는 것이다. 쉽게 말하면 문학은 좋은 내용을 아름답게 전달하는 것이다. 〈농가월령가(農家月令歌)〉는 바로 문학의 그런 정의에 딱 들어맞는 작품인 듯싶다. 농사짓는 방법이라는 좋은 내용이 4·4조라는 즐거운 리듬이 있는 언어로 전달되고 있다. 이렇게 문학을 형식·내용으로 구분하고 순전한 전달 수단으로서 문학을 보는 관점은 문학 향수설의 극단적 전개이지만, 많은 독자의 편에서 볼 때 좋은 문학작품을 한번 주욱 읽고 나서 남는 것은 감동적인 교훈적 내용인 것이 사실인 듯싶다. 이런 관점에서 문학은 전달이다, 교화다 하는 정의의 타당성을 인정할 수 있다.

　독자가 읽어 주지 않으면 문학은 우선 단지 가능성으로만 남게 되니까 독자의 입장은 절대적이라고 할 수 있다.

7. 문학의 구조

우리는 여기서 다시금 문학의 언어적 성질로 돌아가
서 생각하자.

문학에서 그 모방·표현·허구 또는 전달의 수단으로
사용하는 언어는 문학을 어느 면에서 보든지간에 간단
히 보아 넘길 요소는 결코 아니다. 우리는 앞에서 언어
의 문학적 사용의 특징들을 개관할 때 문학적 언어의
특수한 조직에 관하여 잠깐 언급하였다. 이제 여기서
좀더 자세히 문학적 언어 조직을 알아보기로 한다.

문학이 하나의 믿을 만한, 즉 개연성이 있는 허구가
되려면 언어를 가지고 그것이 믿을 만하게 되도록 꾸며
야 할 것이다. 즉, 의미들이 긴밀한 상호 연락을 가짐으
로써 하나의 완결된 의미의 덩어리를 형성해야 한다.
이렇게 치밀한 내부적 조직을 가지고 있는 하나의 완성
된 형상을 일러서 '구조(構造)'라는 이름을 붙이는 것은
20세기의 여러 학문에서 공통적으로 볼 수 있는 경향
이다. 사회 권력구조라든지 한국인의 심리구조라든지
하는 말을 종종 우리는 듣거니와, 문학작품을 하나의
언어적 구조로 보는 것 역시 우리 시대의 특징이다. 일
반적으로 구조라는 말은 조직이라든지 형식이라든지 하

는 말보다 훨씬 포괄적이다. 조직과 형식은 모두 구조
에 포함되는 요소들이니까 말이다. 다른 말로 하면 구
조는 하나의 전체를 이루는 모든 요소들의 총합이다.
그런데 이렇게 하나의 총합을 이루고 있는 요소들은 간
단히 헤아릴 수 있는 것이 아니다. 하나의 구조를 그
요소들을 분석함으로써 다 설명할 수는 없다. 따라서
의미가 깊은 구조일수록 요소들의 조직 상태는 복잡다
단하다. 그래서 하나의 구조는 요소들의 단순한 총합보
다 더 크다는 말을 한다. '구조'라는 말의 개념을 이만큼
알아 두고 문학이라는 언어적 구조를 살펴보자.

　문학은 실제 생활과는 다른 새로운 세계를 구축한다
는 의미에서 허구의 개념을 성립시켰다는 것은 알고 있
다. 또한 허구는 실제와 완전히 결별하지 않고 유추적
관계를 갖고 있다는 것도 알고 있다. 그러한 유추적 관
계 속에서 실제 생활은 허구의, 가상의 세계를 구축하
기 위한 재료(material)가 된다고 볼 수 있다. 명동 거
리의 실생활도, 70년대의 Y대학의 캠퍼스 생활도 다
허구 세계의 재료가 되는 것이다. 허구를 구축하기 위
한 재료는 물론 실제 생활에서만 제공되는 것은 아니
다. 문학 자체의 전통, 이를테면 운율·수사학적 문채(fi
gure) 등도 재료가 된다.(문학 자체의 전통은 재료뿐
아니라 재료들의 의미 있는 결합을 규제하는 규범이 되
기도 한다) 이러한 재료들이 함부로 뒤섞이지 않고 상

호 긴밀히 연결되어 하나의 전체를 형성한 상태를 우리
는 구조라고 하는 것이다.

앞에서 언급하였지만 이 구조에 참가한 모든 재료들
을 남김 없이 다 가려낼 수는 없을 뿐더러, 각각의 재
료들이 일단 한 구조의 구성분자가 되면 그 본래의 재
료로서의 성질은 확연히 달라진다. 따라서 한 구조에서
재료들을 억지로 다시 따로 떼어 놓고 보면 그 재료는
그 구조에 참가하고 있을 때와는 완전히 다른 성질의
것이 되어 버린다. 이처럼 재료가 구조에 참가할 때 생
기는 변화를 문학과 실생활을 구별하는 본질적 요소로
보는 것이다. 하나의 예를 들어 보자. 건축가가 하나의
건물을 지을 때는 수많은 재료들을 사용한다. 건축가는
건물을 지으려 할 때 먼저 완성된 구조를 생각하고 거
기 필요한 재료들을 모아서 적절히 짓는 수도 있고, 주
어진 재료들을 가지고 지을 만한 건물을 짓기도 한다.
모래·자갈·목재·시멘트·철근 등 재료들을 아무리 많이
쌓아 놓았자 건물은 안 된다. 그것들이 어떤 구조를 이
루도록 적당히 배합·배치된다. 구조에 참여한 재료, 이
를테면 모래는 이미 트럭에 실려 온 그냥 그대로의 모
래가 아니다. 시멘트와 자갈과 철근 등과 일정한 비율
로 배합되어 벽·구들·슬라브 지붕 등이 되어 있다. 구
조에 들어가면서 재료로서의 성질과 모습은 완전히 변
모하는 것이다.

문학의 재료는 실제 생활이다. 그러나 실제 생활은 그대로 재료가 되지 못하고 말에 의해 대표된다. 그래서 문학의 재료를 말이라고 하는 견해도 성립된다. 말이라는 재료가 실제 생활의 '대표'라는 관념을 잊지 않는 범위 내에서 문학을 말의 특수한 구조로 보아야 한다. 하나의 완전한 구조는 필요한 내부 요소들을 다 구비하고 있고 그 내부 요소들은 모두 독자적으로 따로따로 놓여지지 않고 서로서로 유기적으로 연결지어져 있다. 또한 필요없는 부분은 하나도 첨가되어 있지 않다. 즉, 필요한 부분을 다 구비하고 있을 뿐 아니라 필요없는 부분은 하나도 갖고 있지 않다. 문학작품이 이처럼 완전무결하기는 불가능할지 모르나 어쨌든 좋은 구조가 되려면 되도록 필요한 요소는 다 갖추고 있고 불필요한 부분은 갖고 있지 않아야 한다.

발달된 생물체의 조직이 바로 그와 같은 성질을 가졌다고 해서 문학작품을 유기체(有機體)에 비유한 학자도 있었다. 소위 문학 유기체설(organicism)이라는 것이다. 유기체도 각 부분들이 긴밀히 연결되어 하나의 생명체를 이룬 것이고, 또한 필요한 부분은 다 갖추고 필요없는 부분은 안 갖춘 것이다. 그러나 문학작품은 유기체처럼 스스로 생성·발전·쇠퇴·소멸하는 것은 아니므로 유기체와의 유추 관계에 지나치게 의존할 수는 없다. 현재에 유기체설보다 구조설에 더 주의를 기울이는 소이가 여기 있다. 단, '유기적 구조(有機的構造)'라는 개념은 살려도 좋을 것이다.

왜냐하면 문학적 구조는 건물처럼 일정한 공간을 점령하고 무변화 상태에 머물러 있지 않고 시간의 경과를 통하여 의식 속에서 파악되는, 말하자면 동적인 구조(動的構造, dynamic structure)이기 때문이다. 이는 좀 까다로운 개념이나 우리는 한 폭 그림의 구조는 한눈에 순간적으로 파악할 수 있지만 한 편의 소설의 구조를 파악하기 위해서는 시간을 들여서 의식 속에서 점차적으로 파악하게 되는 것이다. 우리의 의식은 사람마다 다르고 시대마다 다르기 때문에 한 작품의 구조는 근본적으로는 변함이 없다 하더라도 그 구조를 이루고 있는 각 부분들의 유기적인 연관 상태는 조금씩 다르게 파악될 것은 분명하다. 따라서 한 작품의 구조는 그 본체는 계속 유지하면서도 그것의 모습은 조금씩 변할 것이다. 이런 의미에서 한 문학작품은 변하는, 따라서 움직이는, 그러니까 살아 있는 구조, 동적 구조라 할 수 있다. 생물체도, 건물도 오래 있으면 소멸하는 구조들이나 의미의 특수한 집합체인 문학이라는 구조는 사람과 시대의 변화에 따라 그 근본(identity)을 잃지 않는 범위 내에서 변하는 것이다. 적어도 사람이 언어를 표현과 전달의 수단으로 계속 사용하고 과거의 언어를 이해할 용의를 가지는 한 문학은 생명을 계속 유지할 구조이다.

말들이 모여 하나의 문학작품이라는 구조를 이룰 때 우리는 무엇보다도 먼저 그 작품의 통일성을 의식하게 된다. 모든 요소들이 하나로 뭉친 상태가 바로 통일성이다. 우리는 〈춘향전(春香傳)〉을 잘된 작품, 즉 잘된 구조로 알고 있다. 우리는 〈춘향전〉 속에 들어 있는 모든 부분 요소들이 〈춘향전〉이라는 단일한 구조를 이룬다고 믿고 있다.

만일 어떤 사람이 이 작품 속에 자주 나오는 한문 시구(漢文詩句)가 젊은 여인의 곧은 절개를 형상화하기 위한 이 구조 속에서 잘 어울리지 않는, 따라서 불필요한 요소라고 느끼고 그것들을 다 제거해 버린다면 그 결과 〈춘향전〉은 어떤 구조가 될까? 확실히 전체적 분위기와 색조(tone)가 다른 구조(작품)가 되어 버릴 것이다. 우리가 아는 〈춘향전〉에는 그런 한문 시구가 필요한 요소로 되어 있는 구조다. 작품의 전체적 조직상 그것들이 어쩔 수 없이 필요하다는 것이다. 마찬가지로 순수한 남녀관계를 고양(高揚)하는 소설 〈춘향전〉에 방자와 같은 '타락한' 인물을 섞어 넣은 것은 옥에 티라고 느끼고 그를 제거한다면 이야기 줄거리는 비슷하겠지만, 그 결과로 남는 구조는 확실히 방자가 있는 구조에 비해 빈약한, 아니면 적어도 별다른 구조가 되어 버릴 것은 확실하다. 이와 같이 구조의 개념은 작품을 편벽

되게 보지 않고 부분들을 망라한 전체적 조화의 면에서 보게 해주는 큰 이점(利點)을 갖고 있는 것이다.

다른 또 하나의 이점이 있다. 문학작품을 형식과 내용으로 구분하여 생각하는 뿌리 깊은 버릇은 어딘가 잘못된 데가 있다고 느껴지면서도 극복하기는 용이치 않다. 문학을 형식과 내용으로 딱 구분하면 형식은 작자가 제공하는 그릇이고, 내용은 작자가 철학·종교 등에서 잠시 빌려 온 자양분 많은 음식이라는 소리가 되고만다. 그러니까 문학은 껍데기, 빈 그릇, 아름답게 생긴 잘 만든 빈 그릇일 뿐이고, 내용은 스스로 생산하지 못한다. 문학가가 사상가를 겸할 때에는 별문제이나, 대부분의 경우 문학가는 좋은 사상을 담을 그릇만을 제공하는 사람이 된다.

그러나 이 관점은 확실히 틀렸다. 사상·감정 등은 작품에 들어가면 완전히 변모된다. 그래서 독창적 사상, 독특한 감정이라는 말이 생길 수 있다. 앞에서 이미 설명한 바와 같이, 구조의 개념을 살리면 형식과 내용의 구분에서 오는 불합리성이 쉽게 해소되는 것이다. 어느 시인이 부르짖었듯이 '지금 당장 상연되는 무용에서 무용가를 어떻게 구분하겠는가?'

이 경우에 동작과 인체를 구분한다는 것은 무의미한 것이다. 마찬가지로 구조를 이룬 다음 재료는 이미 재료로 남아 있지 않는데도 한 작품에서 그 이야기 줄거리만을, 또 그 사상적 내용만을, 또는 그 교훈적 진리만을 떼어내고 나머지는 버리는 행위는 자주 자행되긴 하지만, 문학작품을 올바로 대하는 행위는 아니다. '여자는 한 남자만을 섬겨야 한다'는 도덕적 교훈을 얻으려는 단 한 가지 목적에서 그 기나긴 〈춘향전〉을 힘들여 읽어 낸다는 것은 분명히 시간낭비이며 따라서 그 목적은 애초에 글러먹은 목적이다.

문학은 목적지에 도달하기 위해 할 수 없이 통과해야 할 긴 여로가 아니라 그 속에 즐거이 안주할 수 있는, 잘 갖추어진 집이라고 보는 것이 옳다. 한 작품의 구조는 단순한 교훈을 전달하기 위해선 지나치게 많은 요소들—서로 충돌적이기까지 한 요소들—을 지나칠 정도로 치밀하게 짜놓았다.

문학적 구조는 그 자체로 존재 이유와 가치를 지니며, 다른 도덕률이나 지식의 단순한 대변자가 아니다. 문학은 언어의 모든 면을 재료로 삼은 동적 구조라는 정의는 수긍할 만하다.

제3장 문학의 해부

하나의 대상을 자세히 알아보는 방법으로 해부(解剖) 또는 분석(分析)의 방법을 빼놓을 수 없다. 인체의 구조를 자세히 알기 위해선 인체를 해부한다. 하나의 돌덩어리의 성분 구조를 알기 위해서는 그것을 분쇄하여 정량 분석(定量分析)을 한다. 사회현상도 분석의 대상이 되며, 인간의 심리도 분석된다.

그러나 해부와 분석의 방법의 한계는 잊지 않아야 할 것이다. 개구리를 면밀히 해부하여 다 검토한 뒤에 해부했던 내장(內臟)들을 다시 합쳐 놓는다고 해서 개구리의 원상이 제대로 복구되는 것은 아니다. 무엇보다도 개구리는 이미 죽어 버렸을 것이다.

위에서 우리는 문학작품이라는 구조물은 생물체에다 비교할 수 있을 정도로 복잡·정교한 유기적 내지 동적 구조임을 설명하였다. 문학적 구조의 여러 세밀한 부분들을 남김없이 분석하기도 불가능하려니와 또 그들의 분석 결과를 기계적으로 합하여 본다 해도 원래의 작품 구조와는 다른 성질의, 비유컨대 죽어 버린 요소들의 무더기에 불과할 것이다. 유기적 구조에 있어서 부분들의 총합은 그 구조 자체보다 적다는 말을 다시 한 번

상고(想考)하자.

그럼에도 불구하고 문학적 구조를 우리의 지적 논의의 대상으로 삼는 이상 해부의 작업을 아니할 수는 없다. 하나의 문학작품은 확실히 복잡한 재료들의 통일이다. 서로 충돌하고 모순되고 이질적인 요소들이 한데 어울려 있는 상태를 우리는 복잡하다고 한다. 〈국화 옆에서〉의 '천둥'·'불면의 밤'·'무서리'·'애태우는 젊음'·'초로의 여인'·'국화' 등등의 요소들은 사실 서로 충돌적이든가 모순되며, 적어도 이질적인 것만은 틀림없다. 게다가 정형에 가까운 그 리듬의 패턴이라는 형식적 요소가 자연스런 말의 전개에다 어떤 강제를 가하고 있다. 즉, 충돌하고 있는 것이다. 전체 어조는 차분한 듯하지만 그 어조에 눌린 강렬한 체험(천둥·무서리·청춘의 방황 등)도 역시 긴장감을 조성하고 있다. 어떠한 작품을 보나 그냥 요소들이 쉽사리 저절로 척척 붙어서 된 작품은 없다. 그런 게 있다면 그것이 구현(具現)한 의미의 구조는 별로 가치 있는 것은 못 될 것이고, 따라서 지적 논의의 대상으로 삼을 가치가 적다. 잘된 작품은 우선 그 전체적 구조로써 우리를 매혹하지만 또한 그 구성요소들에게도 시선이 쏠리게 한다.

해부·분석이란 결코 용이한 일은 아니고 자칫하면 충분히 분석을 하지도 않고 그 결과를 가지고 전체 구조를 운운하기 쉽고, 한두 가지 요소만 깊이 분석하느라고 전체의 형상을 잊어버리기도 쉽다. 분석의 방법만으로써는, 아니 무슨 방법을 다 망라한다 해도, 잘된 작품의 의미를 완전히 다 캐어 낼 수는 없지만, 이러한 제한성을 잊지 않고 조심하며 분석에 임해야 할 것이다.

한 대상을 해부할 때 어디서부터 하여 어떤 순서를 따라야 할 것인가 하는 문제도 먼저 해결지어야 할 것이다. 문학작품의 각 요소들이 기계 부속품 모양 하나하나씩 떨어지는 것은 아니나 편의상 우리가 작품을 대할 때 가장 먼저 지각하는 요소부터 시작한다.

1. 음성적(音聲的) 요소의 조직

문학은 말로 되어 있고 말은 의미를 대표하도록 특수하게 사용된 일종의 음성이라 할 수 있다. 활자로 인쇄된 글은 음성을 편의상 시각적 기호로 바꾸어 놓은 것이다.(때문에 기호화할 수 없는 음성의 요소가 잃어지기도 하지만)

오늘날 문학의 음성적 요소는 거의 모든 문학작품이 인쇄된 형태로 전달되는 까닭으로 해서 별로 중요치 않은 듯이 여겨지기 쉽다. 인쇄술이 발명되기 이전, 문학작품이 하나의 글로써가 아니라 말로써 입에서 귀로 직접 전달되던 때에는 음성적 요소가 지금보다 훨씬 강하게 의식되었던 것은 사실이며, 오늘날 우리가 보는 것과는 어느 정도 형태가 달랐을 것으로 간주되나, 〈춘향전〉도 실은 가창 형식으로 전달되었었고 바로 몇십 년 전까지도 인쇄물 보급의 혜택이 적은 두메산골에 소설책 읽어 주러 다니던 사람이 있었다.

〈햄릿〉은 인쇄되기 훨씬 전에 배우들이 무대에서 따로 왼 대본이었다. 우리의 가사(歌詞)와 시조들은 다들 읊어지던 문학 장르이며, 호메로스의 〈일리아드〉나 〈오디세이〉도 그랬다.

서정시(敍情詩)는 본래 노래의 가사였다. 근세에 인쇄술의 발달로 그처럼 낭송(朗誦)하고 읊고 노래하던 문학 장르들의 특질이 경우에 따라 많이 약화된 것도 사실이고, 또 비교적 음성적 요소가 큰 비중을 차지하지 않는 새 장르, 즉 수필과 근대 소설이 개발된 것도 사실이다. 그러나 작가가 음성적 요소에 다소나마 주의를 기울이지 않은 작품—수필과 근대 소설을 포함하여—은 없다.

구체적으로 작가가 주의를 기울이는 음성적 요소란 어떤 것들인가? 글은 성질상 소리를 대표하게 마련이지만 작가는 말의 소리의 어떤 면을 예술적으로 이용하는가를 알아보자.

우리가 아는 바와 같이 음악은 사람이 만들어 낼 수 있는 소리들 중에서 미적 표현과 감상이 가능한 것들을 골라서, 선율·화음·박자의 원칙하에 배열한 것이다. 문학작품의 소리의 요소도 극복할 수 없는 여러 제약에도 불구하고 그러한 음악을 닮으려고 애쓴다. 물론 가장 '음악적'이라는 서정시도 각종 악기들의 순수한 아름다운 소리, 그들 소리들의 화합을 도저히 따를 수는 없다. 시의 소리는 사람의 말소리를 벗어날 수 없으며, 더구나 의미의 요소와 떨어질 수 없는 제약이 있다.(그러나 아무리 고운 소리를 내도 진정한 의미를 전달할 수는 없다) 더구나 시는 음악의 선율과 화음에 따를 아무것도 갖고 있지 못하다. 말의 소리가 본래부터 갖고 있는 요소들을 한껏 이용하고, 그 소리들의 상호 관계에서 얻어지는 효과를 응용할 뿐이다. 첫째로, 말의 소리들을 한껏 이용하는 방법으로서 동일한 또는 비슷한 소리들의 반복과 의미를 암시하는 소리, 즉 의성어(擬聲語)·의태어(擬態語)가 있다.

살어리 살어리랏다
청산에 살어리랏다.
멀위랑 다래랑 먹고
청산에 살어리랏다.
얄리 얄리 얄라셩 얄라리 얄라

이 잘 알려진 옛 노래에서 'ㄹ' 음의 반복이 주는 효과는 놓칠 수 없다. 우리가 흥겨울 때 '랄랄랄', '닐리리' 하고 의미 없는 소리가 저절로 나올 만큼 'ㄹ' 소리와 흥겨운 노래와는 잘 연결된다. 같은 소리들의 반복으로 이루어지는 효과를 주로 노릴 때 의미 자체는 상당히 위축되지만 그런대로 청중의 주의를 환기시키는 힘이 있을 수 있다.

위에서 '얄리 얄리 얄라성 얄라리 얄라'는 전혀 무의미하면서도 소리의 효과를 내는 경우이고 '리리 릿자로 끝나는 말은 …… 유리 항아리……' 식의 전혀 무관하나 동일한 소리의 요소가 반복되는 까닭에 뚜렷한 의미를 가진 낱말들에 어딘가 필연성이 있는 듯이 한데 뭉친 경우도 있다. '가다 보니 가닥나무 오다 보니 오동나무, 십리 절반 오리나무'와 같은 옛 민요도 그와 비슷한 예이다. 이렇게 닿소리의 어울림뿐 아니라, 홀소리의 어울림도 문학의 음악성을 돕는다.

얇은 사, 하이얀 고깔은
고이 접어서 나빌레라.

조지훈 〈승무〉

이 구절에서 닿소리 'ㄹ'도 얼마간 작용을 하지만 특히 우리의 주의를 끄는 것은—여러 번 주의 깊게 읽어 볼 때—그 홀소리들의 가벼운 느낌이다. 나비처럼 말이다. 윗 구절에 씌어진 18개의 소리마디 중에 그 반수인 9개가 양성 홀소리(ㅏ와 ㅗ)고 나머지 글에도 중성(ㅣ)

이 셋이다. 실상 '접어서' 이외에는 모두 밝고 가벼운 홀소리들인 것이다. 대체로 ㅓ나 ㅜ 홀소리들이 많이 들어가면 우리말에서는 어둡고 무거운 느낌이 들기 쉽다.

〈승무〉 전부를 모두 소리 분석을 해보면 양성 내지 중성 홀소리가 전체의 의미를 돋우는 데 얼마나 큰 구실을 하는지 알 수 있을 것이다. 그런데 우리나라 시는 현대 서양 각국의 말보다 음성적 표현, 즉 의성어·의태어에 있어 보다 적극적이다. 옛 시조나 가사보다도 옛 민요에 그러한 순 우리말의 특징을 잘 살린 것이 보인다.

저 꾀꼬리 울음 운다.
황금 갑옷 떨쳐입고,
양류 청청 버드나무
제 이름을 제가 불러
이리로 가며 꾀꼬리루
저리로 가며 꾀꼬리루
머리 고이 빗고, 시집 가고 지고
게알가 가감실 날아든다.

꾀꼬리 소리를 우리가 쓰는 말소리의 범위 내에서(그 당시 사람으로는) 최대한으로 닮게 한 것이 '꾀꼬리루'였고, 버들가지 사이로 미끌어지듯 날아다니는 모습을 '게알가 가감실'이라고 표현했다. 하나는 의성어, 하나는 의태어다.('게알가 가감실'의 실감은 오늘날 우리에

게는 느껴지지 않아 유감이나) 이런 예는 우리 글에서
얼마든지 찾아볼 수 있다.

물레나, 바퀴는
실실이 시르렁

김억 〈물레〉

물레바퀴가 돌아가는 소리를 흉내내는 동시에 정말
'실'이 연달아 뽑혀 감기는 듯한 느낌도 자아낸다. 소리
흉내지만 꼴 흉내도 얼마쯤 겸했다. 물론 의성어·의태
어는 말소리의 가능성을 확대한 것이지만 잘못 쓴든가
과도하게 쓰면 우스개가 되기 쉽다. 아이들이 장난으로
부르는 노래('찌르릉 찌르릉 비켜나세요' 등)에 그런 것
이 많이 쓰이는 것을 보아도 알 수 있는 것이다.
사실상 문학의 음성적 요소로서 가장 음악에 가까이
갈 수 있는 것은 소리의 고(高)·저(低)·장(長)·단(短)·
강(强)·약(弱)으로 이루어지는 운율이다. 이것은 음악
의 박자에 해당된다. 우리 시의 정형시들은 다들 꽤 규
칙적인 기본 박자를 갖고 있다. 3·3조, 4·4조, 7·5조
등 말이다. 위에 인용한 김억의 시구는 3·3조, 〈새타
령〉은 처음엔 4·4조, 뒤에는 변조(變調, variation)가
있다. 이 중에서도 한국 사람들이 4·4조를 얼마나 자연
스럽게 여기는지는 '푼돈 모아, 목돈 쓰자'는 식의 구호
(口號)와 표어(標語)를 보아도 알 수 있다.

말의 박자, 즉 리듬(이 말이 더 듣기 좋다)은 각국마다 다른 특질에서 성립된다. 한국어의 리듬은 영어의 리듬과 다르다. 그것은 고저장단, 강약, 기타 문법적·의미적 반복이 있을 때 생기는 현상이다. 우리말은 대체로 2음절 내지 3음절의 실사(實辭)에 1음절 내지 2음절의 허사(虛辭)가 붙어 3음절 내지 4음절이 한 단위가 되는 것이 보통이다. 이 자연스런 현상을 의식적으로 조작할 때 4·4조라는 기본 리듬이 형성될 수 있다. 다시 말하면 일상적 언어의 리듬을 보다 조직적으로 꾸며서 사용한 것이 시의 리듬이다. 정형시에서는 리듬이 비교적 규칙적이나, 소위 자유시라는 것에서도 언어미의 한 원천인 리듬의 요소를 아주 버리지는 않는다. 리듬 형식이 보다 자유롭고 변조가 많다뿐이다.

산아, 우뚝 솟은 푸른 산아, 철철철 흐르듯 짙푸른 산아, 숱한 나무들, 무성히 무성히 우거진 산마루에, 금빛 햇살은 내려오고 둥 둥 산을 넘어 흰 구름 건넌 자리 씻기는 하늘. 사슴도 안 오고 바람도 안 불고 넘엇 골 골짜기서 울어 오는 뻐꾸기……

박두진 〈청산도〉

이 거침 없이 쏟아져 흐르는 듯한 자유시의 흐름에도 음성의 기복은 자연히 따른다. 우리말의 3음절·4음절 단위가 여기서도 지배적이고 따라서 3·3조, 4·4조, 7·5조의 부분들이 뒤섞여 있음을 감지할 수 있고, 또 그렇게 리듬에 주의하여 읽을 때 한층 맛이 간다. 고저장단, 강약을 빼놓고 완전히 우리말을 모르는 사람처럼 직선적으로 읽어보라. 전혀 의미조차 살지 않는다. 그러나 읽는 사람에 따라 어디를 마디로 하여 끊고, 어떤 억양을 붙이고 어디에 강세를 둘지는 상당히 달라질 수 있다. 정형시는 이 차이가 비교적 작아지는 이점이 있다.

리듬에 주의를 기울인 산문도 얼마든지 있다.

'어둡다, 요란하다, 우릿소리, 번갯불, 바람은 천지를 쓸어가련 건가. 구름은 우주를 뭉개 버리련 건가. 파도 소리, 절벽을 물어 뜯는 저놈의 파도 소리, 수십 길 절벽을 뛰어 넘어 이 집을 쓸어 가려는 듯.'

이효석 〈황제〉

아마도 과학서적과 법조문은 리듬의 영향을 가장 철저히 배격한 산문일 것이다. 우리말의 리듬의 최소 단위가 대체로 3 또는 4음절로 첫음에 대개 강세가 오는데 이런 최소 단위들이 몇이 모여서(예컨대 4·4조의 경우는 두 개가 모인 것) 한 행을 이루고 이 행들이 모여서 한 절을 이루는 현상도 흥미 있는 사실이나 더 깊게 이야기하는 것은 생략한다.

위에서 보아 온 문학의 음성적 조직을 전문적으로 연구하는 분야를 가리켜 운율론(韻律論, metrics 또는 prosody)이라 하는데, 한국 문학연구에서는 미개척 분야에 속한다.

2. 문체론 : 낱말의 선택, 문장의 구성, 문체

문학은 선택된 낱말과 그 낱말들의 적절한 배열, 즉 의미 구현을 위한 문장으로 이루어진다. 앞서서 이미 설명한 바와 같이 문학적 언어에 있어 단어의 선택, 단어의 연결체인 문장의 구성에 있어 과학적 언어는 일상적 언어와는 성질이 다르다. 작가는 문장을 구성함에 있어 자주 함축적이려 하고 때로는 의식적으로 간단 명료하게 또는 애매하게 또는 일부러 불투명하게 하려 한다. 작가가 표출하고자 하는 의미의 구조는 각각 독특하므로 그 독특함이 문장 자체에도 반영되는 것이다. 바꾸어 생각하면 문장의 독특한 구성으로 말미암아 독특한 의미의 구조가 성립된다고도 할 수 있다. 일반적으로 문장이라는 것은 의사전달을 위한 사회적 수단의 하나로 통용되는 용법(用法)을 벗어날 수는 없다. 그러나 작가는 평범한 사회의 언어의 용법에 억지를 부려서라도, 즉 용법의 가능성을 최대한으로 확대하여서라도 사회적으로 통용되는 의미가 아닌 보다 독특한 의미의 구현을 꾀하는 것이다. 이렇게 문학적 목적으로 특수하게 구성된 문장을 연구하는 분야를 문체론(文體論)이라 한다.

일반적으로 말과 글의 구성을 연구하는 것은 언어학이 하는 일이지만, 언어학은 말과 글의 아름다움 또는 기타 표현적 효과에 관심을 두지 않는다. 문체론은 의미의 강조와 명확성을 기하는 방법, 즉 은유(隱喩)·명유 등의 비유, 수사학적 문채(figure), 문장 구성상의 특수 형식 등을 다 취급하는 것이다. 우리는 수사학 또는 작문법에서 과장법(誇張法)·의인법(擬人法)·인유법 또는 장중체(莊重體)·풍자체(諷刺體) 등 표현적 효과를 위한 문장 작성 방법들을 배웠다. 그러나 이들 방법들은 직접 문장에서 글쓰는 사람의 의도에 따라 그 표현적 효과가 달라진다. 즉, 장중체라는 것은 언제나 장중한 의미를 나타내기 위해 사용되는 고정된 문체가 아니라 경우에 따라서 장중체가 아주 희극적 효과를 내도록 사용될 수도 있는 것이다. 즉, 장중체를 역이용할 수 있다.

문체를 연구하는 사람은 문학작품에서 일상시의 언어 용법과 달라진 양상을 관찰하고 그런 양상이 어떤 효과적 목적을 갖고 있는가를 발견하는 것이다. 일상 언어에서는 보통 소리의 조직이나 어순(말 자체)이나 문장 구성이나 문장들의 연결에 특별히 주의하게 되지 않는다. 그러나 그런 것들이 문체 연구자에게는 흥미 있는 연구 대상이 된다.

영변의 약산

진달래꽃
아름 따다, 가실 길에 뿌리오리다.
나 보기가 역겨워
가실 때에는
죽어도 아니 눈물 흘리오리다.

김소월 〈진달래꽃〉

이 잘 알려진 시구와 일상 언어와는 어떻게 다른가? 우리는 평상시 '죽어도 눈물을 안 흘리겠소'라 할 것이다. 혹시 '죽어도 눈물 아니 흘리오리다'라고 할 사람도 있을지 모르겠다.(의심스럽지만) 어쨌든 '눈물'과 '아니'는 김소월의 시에서처럼 순서가 바뀌어 사용되지는 않는다. '나는 밥을 안 먹었다'라고 하지 '나는 안 밥을 먹었다'라곤 안 하는 것처럼 확실히 위의 시구는 어순을 '비문법적으로' 바꿔 버렸는데, 왜 우리는 좋게 읽고 지나가나? 분명히 김소월은 그것으로 어떤 효과를 노렸고 또 성공했다. '죽어도 눈물 아니 흘리오리다'로 하는 것으로는 얻을 수 없는 효과를 노렸던 것이다. 그게 무엇일까? '아니'를 강조하기 위하여인가? 왜 '아니'를 강조하려 하는가? 문체 연구자는 이런 문제들에 대답하려 애쓴다. 위의 시구에서 '눈물을'이라 하지 않고 그냥 '눈물'이라고만 한 것도 아주 정상적인 용법은 아니다. 목적격 토씨는 보통은 붙이기로 되어 있지만 여기서는 역시 어떤 표현적 목적을 위해 생략되어 있다. '……오리다'라는, 종지형 조사 역시 흔히 쓰는 것은 아니다. 우리는 평상시에 이렇게 말하지 않는다. 최소한 '진달래꽃을 한 아름 따다가……'라고 해야 일상 용법에 비슷해진다. 즉, 목적격 토씨 '을'이 생략되었는데, 간혹 일상 언어에서도 이런 일을 볼 수 있지만, '한 아름 따다'라는 말을 그냥 '아름 따다'로 쓰는 법은 없다. 이것은 김소월의 독창적 사용이다. 그것으로써 얻어진 특별한 효과는 무엇인가?

> 죽는 날까지 하늘을 우러러
> 한 점 부끄럼이 없기를
> 잎새에 이는 바람에도
> 나는 괴로워했다.
>
> 윤동주 〈서시(序詩)〉

형식상 이것은 한 문장으로 되어 있다. '……없기를'은 목적어이고 이 목적어를 가진 동사는 '괴로워했다'이다. 그러나 우리는 일상 언어에서 '부끄럼이 없기를 괴로워했다'는 말은 하지 않는다. 무슨 의미인지 모호하다. 확실히 '괴로워했다'는 말의 의미가 평상시의 그것과도 다른 것일 것이다. 그게 무엇일까? 무슨 목적으로 그랬을까?

　　제일의아해가무섭다고그리오

제이의아해도무섭다고그리오.

제삼의……

이렇게 제십삼의 아해까지 계속하는 이상(李箱)의
〈오감도〉는 무슨 문체적 특징을 갖는가? 같은 문장의
13회 반복은 일상 용법에서는 사용되지 않는다.

'열세 아이가 다 무섭다고 그런다'고 한 문장으로 전
달할 수 있는 내용을 이렇게 일일이 13번이나 반복하
여 얻은 표현의 효과는 무엇일까? 게다가 띄어쓰기를
전혀 하지 않은 것은 무슨 목적에서인가? 시에는 특별
히 이러한 교묘한 언어 사용이 많이 눈에 띄지만 소설
과 수필에서도 작가에 따라 비상한 언어 사용법이 많이
또는 적게 발견될 수 있다.

요즈음 학자들은 한 작가가 어떤 작품에서 동사(動
詞)를 일상 언어에서보다 더 많이 사용하고 있는가, 적
게 사용하고 있는가? 타동사(他動詞)와 자동사(自動
詞)의 비율은 얼마나 되는가? 추상명사와 보통명사의
비율은 얼마나 되는가? 명사를 수식하는 형용사는 많이
사용하는가, 적게 사용하는가? 동사를 수식하는 부사는
많은가, 적은가? 보통 한 문장에 사용된 낱말은 몇 개
이며 그 품사별 비율은 어떤가? 여러 수사법 중에 무엇
을 가장 많이, 또 무엇을 가장 적게 사용하는가, 등등의
세밀한 문제들을 통계적으로 해결한다. 그러나 그런 특

징들이 어떠한 표현적 목적을 가졌는지를 타당성 있게 설명하기를 잊어서는 안 될 것이다. 어떤 학자들은 수식어가 별로 없이 동사, 특히 자동사를 많이 쓰는 작가를 행동주의·자유주의의 철학을 가진 사람이라고 결론을 내리기도 한다. 프랑스 사상가 뷔퐁이 '문체는 바로 그 사람'이라고 한 말을 그대로 적용한 셈인데, 문체와 개성의 관계가 그처럼 단순한 것은 아니다. '이광수의 문체'·'김소월의 문체', 등이 막연하게나마 성립될 수 있는 것은 확실히 개성(아니면 적어도 특이한 말버릇)과 문체가 관계가 있다는 것을 시사하며, 그 관계를 밝히기 위해 위에 열거한 여러 방법을 사용하는 것이 현대 문체론의 큰 일거리인 것이다.

3. 어조, 특히 아이러니

문체론에서 또 한 가지 빼놓을 수 없는 문제는 소위 톤(語調, tone)이라는 것이다. 톤은 문체의 모든 요소들, 소리의 조직·리듬·낱말·구분 그리고 비유(다음에 설명할 것임) 등을 다 포함하는 포괄적 문제가 된다.

톤이란 낱말은 글의 분위기·기분 등을 의미하는 것으로만 이해하기 쉬우나 보다 정확히 말하자면 개성 있는 작가의 '태도의 표현'이라고 할 수 있다. 사람마다 음성·억양·강세·음색 등에 의한 어조가 다른 것처럼 글의

'어조', 즉 글에 나타나는 작가의 태도 역시 다른 것이다.

글의 톤을 잘못 파악함으로 말미암아 바른 의미를 깨닫지 못하는 경우는 흔히 있다. 예를 든다면,

용맹 있게 앞에 나아가라.
굳센 우리 용사들아.

(어느 학교의 응원가)

를 씩씩하게 발음하지 않고 비웃는 조로 발음할 수도 있다. 의미가 완전히 달라진다. 즉, 같은 말이라도 작가의 태도에 따라서 의미가 변한다. 그런데 글은 작가가 직접적으로 발음해서 들려 주는 것이 아니므로 글의 '어조'를 그냥 쉽게 알아볼 수는 없다. 그 글이 취급하고 있는 주제에 대한 작가의 태도—회의적이라든지, 조소적이라든지, 분개심을 보이는 것이라든지, 권유적이라든지, 감상적이라든지 등등—를 파악하려고 노력해야 할 것이다.

이 일은 첫눈에 보기보다는 훨씬 까다롭다. 작품 〈햄릿〉의 톤은 무엇인가? 단지 비극적이라고만 하기에는 너무나도 다양한 톤이 있다. 더구나 그 톤은 누구의 태도의 표현인가? 왕자 햄릿의 것인가? 또는 작가 셰익스피어의 것인가? 햄릿과 셰익스피어는 반드시 태도를 같이 하고 있는가? 햄릿은 복수와 정의와 사랑과 인생

자체에 대한 암담한 회의에 빠져 고민하는 태도를 보이
지만, 그러한 햄릿을 등장시키고 종국에는 우연한 죽음
을 하게 만드는 셰익스피어의 태도는 확실히 햄릿 왕자
자신의 태도와는 다른 것이다. 즉, 햄릿의 인생에 대한
태도와 셰익스피어의 햄릿에 대한 태도는 연관은 있되
완전히 같은 것은 아니다. 확실히 잘된 작품에는 이와
비슷한 톤들의 교차가 있어 양상은 복잡해지는 한편 풍
부해지는 것도 사실이다.

도스토예프스키의 〈카라마조프의 형제들〉의 그 다양
하고 서로 충돌적인 톤들, 그리고 그들 전부에 대한 도
스토예프스키 자신의 일면 모호한 톤을 생각해 보라.
그러나 짧은 서정시의 경우에는 톤은 비교적 쉽게 파악
된다. 김영랑의 〈모란이 피기까지는〉과 서정주의 〈국화
옆에서〉는 둘 다 동양인들이 귀히 여기는 꽃들에 대한
시들이지만 톤, 즉 그들 꽃에 대한 작가들의 태도의 표
현은 아주 다르다. 어떻게 다른가? 소리·리듬·낱말·문
장구조·비유법 들이 서로 어떻게 다름으로 해서 톤이
달라지게 되었는가 살펴보라.

톤은 작가의 태도에의 지표인 까닭에 톤이 고르지 못
하든가 지나치게 감상적이고 유치할 때 우리는 그 작가
의 태도의 부실함을 간파하게 된다. 독자의 눈물을 강
요하는 소아병적 감상벽을 통속소설에서나 유행가 가락
에서 흔히 볼 수 있다. 그러나 순수 문학작품이라 자처

하는 것에서도 그런 것을 발견할 때가 많다.

> 임이 살라시면 사오리다.
> 먹을 것 메말라 창고가 비었어도,
> 빚덤이로 엠집 채찍 맞으면서도,
> 임이 살라시면, 나는 살아요.
>
> 무엔들 사양하리, 무엔들 안 바치리,
> 창백한 수족에 힘나실 일이라면,
> 파리한 임의 손을 버리고 가다니요,
> 힘 잃은 그 무릎을 버리고 가다니요?
>
> 모윤숙 〈이 생명을〉 중에서

여기서 자기 사랑이 헌신적임을 애써 주장하는 사람(여인?)의 태도가 우리 스스로도 바랄 만큼 견실한가, 부실한가? 자기의 헌신적 사랑을 실증할 조건을 창고가 비는 것, 빚더미에 오르는 것 등에 비한 것은 너무나도 상식적이고 어떻게 보면 쉬운 조건들이다. '오오, 사랑하시는 그리운 어머님, 외로운 어린 남매를 두고 왜 혼자 가셨나요? 오늘도 저희는 하염없는 눈물을 흘리며 멀리 저녁 하늘만 쳐다봅니다' 정도의 감상적 허위(sentimentalism)에 지나지 않는다.

근래에 와서 문학연구가들은 톤 중에서도 특별히 '아이러니(irony)'에 관심을 많이 보이고 있다. 아이러니란 '시치미 떼고 꾸며대기'란 뜻을 갖는 그리스어에서 온 말이다.

　'전 주사(田主事)는 대단한 예수교인이었습니다. 양반이요, 부
자요, 완고한 자기 아버지의 집안에서 열여덟까지 공자와 맹자의
도를 배우다가, 우연히 어느날 예배당이라는 데 가서 강도(講度)
하는 것을 듣고, 문득 여태껏 자기네의 삶의 이상이라는 것을 모
르고, 장래라는 것을 무시한 데 놀라, 그날부터 대단한 예수교인
이 되었습니다.……'

김동인 〈명문(明文)〉

　이 글은 전 주사란 사람이 기독교인이 된 것을 찬양
하려고 쓴 것이 아님을 간파할 수 있다. 그러나 직접적
으로 욕하든가 조소하는 말은 전혀 쓰지 않았다. 표면
상 저자는 그냥 사실만을 전달하는 척하면서 '시치밀 뚝
떼고' 꾸며대고 있는 것이다. 여기에 아이러니의 효과가
생긴다. 위의 경우 다소 효과를 내기 위해 특수하게 사
용한 말을 지적해 보라. 자기 기만적 위선에 대한 작가
의 태도는 아이러니로써 표현된 것이다. 본래 아이러니
는 말하는 사람이 시치미 떼고 꾸며대는 말의 진의를
상대방은 깨닫지 못하고 꾸며낸 말을 그냥 진정으로 받
아들이는 우스운 꼴이 될 때 발생하는 것이다.
　위의 김동인의 작품의 경우에는 작가와 독자가 한 편
이 되어 있고(즉, 꾸며대는 말의 속뜻을 저자가 독자에
게 일러주고 있는 셈이다) 전 주사는 멋도 모르고 속는

셈이다. 무엇보다도 그는 자기가 놀림감이 되리라고 믿지 못하는 성격이다. 자기 기만에 빠져 있다.

이처럼 자기를 잘 알지 못하면서도 자기를 신뢰하는 인물, 과대 망상가, 센티멘털리스트·위선자, 무서운 미래를 근심하지 않는 현실주의자, 미래에의 허망된 희망을 갖고 있는 공상가 등등이 다들 아이러니적 표현의 대상이 될 수 있다. 아이러니는 이와 같이 광범위한 영역을 갖고 있다. 아이러니의 극단적 형태는 냉소(sarcasm)이다. 우리는 냉소적 표현에서 차가운 미소에 가려진 작가의 강한 분노와 멸시를 느낄 수 있다. 그러나 실제에 있어 원숙한 작가일수록 냉소는 금물로 하고 있다. 냉소나 욕지거리는 확실히 문학이 옹호하는 생 자체를 파괴하는 요소들이다.

소크라테스식 아이러니라는 것도 있다. 소크라테스는 실상 가장 현명한 사람이었지만 스스로 지혜자라 자처하지 않고 '제가 뭐 압니까?' 하는 방법적 저자세를 취하여 내노라 뽐내는 사람들을 살살 유도하여 결국에는 그들이 아는 게 실은 아무것도 아니라는 것을 시인할 수밖에 없도록 만들었다. '워낙 말주변이 없는 사람이라', '본래 남들처럼 잘나지도 못하고 돈도 없어서' 따위의 서두를 꺼내는 작품들이 적지 않다. 나중에 알고 보면 말주변 없다는 사람보다 못났다던 사람이 제일 말 잘하고 똑똑한 사람이라는 결론에 도달한다. 소크라테스식 말재간이다.

아이러니는 넓은 의미로 해석하면 축소(understate-
ment)·과장(overstatement)·대조(contrast)·불합
리에 근거한 농담(joke)·조롱·조소 등도 포함한다. 이
들은 모두 일상생활에서도 사용하는 표현의 기술들로서
한 가지 말로 두 가지 이상의 뜻을 자아내는 방법들이
다. 근대에는 패러디(parody)·동음 이의어(同音異意
語)에 의한 말장난(pun)·궤변(paradox) 등도 다 아이
러니의 일종으로 간주하는 경향이 있다.

> 아아 님은 갔지마는 나는 님을 보내지 아니하였습니다.
>
> 한용운 〈님의 침묵〉

는 궤변이다. 논리상 일부러 모순을 범하면서, 즉 안 된
말을 하면서, 한 뚜렷한 의미를 표현하고 있는 것이다.
이렇게 보면 확실히 궤변은 아이러니의 일종이다. 아이
러니는 희극적이고 조소적이라고만 할 수는 없다는 것
이 밝혀진다.

셰익스피어의 〈맥베드〉 서두에 '추한 것은 아름다운
것, 아름다운 것은 추한 것'이라는 유명한 궤변이 나온다.
논리적이 아닌 까닭에 무의미한 듯 들리지만, 〈맥베
드〉의 주제가 바로 패러독스와 관련이 있다는 것은 나
중에야 알게 된다. 그런데 추한 것과 아름다운 것, 괴로
움과 즐거움, 악과 선이 상극적이면서도 극과 극은 통

한다는 말처럼, 기이하게도 연결되어지는 순간이 있다. 낭만주의자들이 즐긴 궤변적 진리, 소위 낭만적 궤변(romantic irony)이라는 것이다. 다음의 예를 보자.

해와 하늘 빛이
문둥이는 서러워
보리밭에 달 뜨면
애기 하나 먹고,
꽃처럼 붉은 울음을 밤새 울었다.

서정주 〈문둥이〉

위의 시의 '추악한 아름다움'은 작가의 어떤 비전을 표현하고 있는지, 어떤 언어적 방법으로 그것이 구현되는지 살펴보라. 이 궤변은 확실히 비극적이다.

우리 사람의 선의의 해석과 관점에도 불구하고 우주는 우리를 곧잘 속인다는 불가지론(不可知論), 또는 숙명론을 믿는 작가들이 이른바 '우주적 아이러니'를 운운하기도 한다. 〈테스〉의 작가 하디가 그 대표적인데, 그의 문체를 살펴보면 그런 세계관을 표현하기에 합당한 톤, 즉 우주적 아이러니·비관적 우주관이 완연하다.

현대 문학자들은 아이러니·궤변 등 다의미적(多意味的) 언어 사용을 중시하여, 문학적 문체를 모호성(ambiguity)에다 두는 사람들도 많다. 모호성이라는 낱말은 tone, irony, paradox 등과 더불어 영미의 문학자들이 한때 가장 애용한 낱말이다.

4. 심상(心像)과 비유

우리는 맨 앞에서 문학적 언어 사용이 함축적임을 들어 논의하였다. 함축성은 그 말과 관련이 있는 다양한 경험이 동시에 재현될 때 성립된다. '국화'라는 낱말로써 우리 기억 속에 되살아날 경험적 내용은 무수히 많을 것이다.(그 중 어떤 것은 극히 개인적이라 서정주의 시를 읽을 때 불필요할 수도 있다)

사람의 경험이란 우선적으로 오관을 통한 외부 세계에서의 지각(知覺)이다. 감각적 지각(sense perception)은 외부 세계를 인식할 때, 빼놓을 수 없는 최초의 관문이다. 감각적 지각의 내용이 우리 기억에 남아 있어 때로는 생생하게 우리 머릿속에서 재생되기도 한다. 기억 속에 남은 감각적 지각을 인상이라 한다. 사람의 말은 인류의 경험이 축적된 결과로 생긴 의미의 기호인바, 말을 독특하게 사용함으로써, 그 의미의 모체인 경험 자체의 재생을 자극할 수도 있다. 문학적 언어는 바로 이러한 능력을 가지고 있고 그것을 십분 응용하려 한다는 점에서 독특하다.

〈국화 옆에서〉는 여러 가지 수단을 사용하여 우리의 감각적 경험을 되살리려고 한다. 우리는 국화에 대하여 추상적인 얘기를 듣는 게 아니라, 서정주의 관점에서 '노오란 꽃잎'의 국화를 '보고 있다.' 우리가 평상시 황국화를 보던 기억이 살아나는 것이다. 이처럼 추상적 의미보다도 대상을 감각적으로 인식하도록 자극하는 말을 통칭 심상(心象, image)이라 한다. 〈심상〉이란 낱말은 서양 말의 image를 번역한 것인데 image란 말은 그림자·반영·모조품 등의 뜻이 있고, 시각적 의미를 갖는다. 그러나 문학적 심상은 반드시 시각적인 것만 있는 게 아니다. '천둥은 먹구름 속에서 또 그렇게 울었나 보다'는 시각과 청각이 한데 어울린 심상이다. 냄새·맛·촉감을 자극하는 심상들도 다 있을 수 있다. 또 오관말고도 정서적 충동을 주는 이미지들, 즉 슬픔·분노 등 여실한 희로(喜怒)의 감정을 자극하는 심상들도 있다.

우리는 심상의 이용이 단지 묘사에만 그치지 않는 것을 잘 알고 있다. 심상의 보다 시적인 전개는 비유(metaphor)에 잘 나타난다. 비유는 시적 심상의 가장 큰 부분을 차지하고 있다. 비유는 일상생활에서도 얼마든지 많이 사용된다. 실상 비유가 없다면 인류는 말을 꾸며낼 수 없을 것이고, 과학적 진술도 불가능하다. '정치파동'이란 흔한 말도 비유이다. 파동은 본래 파도의 움직임이란 뜻이었고 이 일견 '시적'인 표현은 이제는 완전히 무미건조할 만큼 예삿말이 되어 버려서 과학에서까지 '태양광선의 파동'을 운위할 정도다.

많은 낱말이 이런 과정을 통하여 성립되었다. 산의 허리, 병의 목, 책상 다리 등등 특히 중국의 한자는 거의 전부가 비유에서 시작되었다. '화살같이 빠른 세월'이란 말은 확실히 비유이지만, 선명한 인상을 별로 못 주는 맥빠진 비유다. 버릇처럼 늘 사용한 까닭에 새로운 맛을 못 느끼는 것이다. 일상 언어에서 사용하는 비유란 대체로 그런 종류의 것이다.

시적 비유는 감각적으로 또는 정서적으로 선명하든가 신기하든가 암시성이 풍부한 데에 그 생명이 있다. 즉, 언어를 그 무미한 습관성에서 깨우친 것이다. 시인은 비유를 발명하지 않을 수 없다.

> 그립고 아쉬움에 가슴 조이던
> 머언 먼 젊음의 뒤안길에서
> 인제는 돌아와 거울 앞에 선,
> 내 누님같이 생긴 꽃이여.

'가슴 조인다'는 말은 버릇이 된 일상적 비유다. '안타까움'이란 정서가 주는 느낌을 가슴이 조여 드는 것으로 비유한 것이다. '머언 먼 젊음의 뒤안길'은 독창적 비유다. 여기서 '멀다'는 말은 실제 거리상 멀다는 말보다도 오래전이라는 의미로 씌어진 일종의 비유다. 거리와 시간을 맞바꾸어 놓은 것이다. 그러나 이 '먼 옛날'이란 비유는 역시 버릇이 되어 버린 비유라 특출한 것은 없다.

그러나 '젊음의 뒤안길'은 무슨 뜻의 비유인가? 사전에 보면 '뒤안'은 '뒤 터', '뒷동산'을 뜻한다.(젊은 시절을 젊음이라 한 것도 별로 인상적인 것은 아닌 비유다) '젊음의 뒤안길'은 사랑의 기쁨과 고뇌가 몰래 애타게 오가던 젊은 시절, 옛날이라 남들이 보는 앞에서(앞길에서) 연애를 못하던 시절을 가리킨 것일까? 또는 과거지사가 되어 기억의 뒤켠에 자리잡고 있다는 의미인가?

'인제는 돌아와 거울 앞에 선 내 누님'은 묘사다. 청춘이 다 지나고 이제 곱게 늙어 가려는 완숙한 여인, 그러나 아직 거울 앞에 감히 설 수 있는 그윽한 아름다움을 간직하고 있다. 그런데 이 누님이 국화에 비유되고 있는 것이다. '내 누님같이 생긴 꽃'이라고 국화를 표현하고 있는 것이다. 위에서 여러 비유와 묘사를 통해 이루어 놓은 한 여인의 모습과 국화가 닮았다는 것이다. 딴은 국화도 봄·여름·가을, 즉 청춘·성장·결실 직전의 온갖 시련을 이겨내고 드디어 혼자 조용히 곱게 핀다. 누구나 다 알 듯이, '젊음의 뒤안길'은 특히 은유(metaphor)라 부르고 '누님같이 생긴 꽃'은 명유(simile)라 부르지만, 이 수사학적 구분은 문학에서 크게 개의할 필요는 없다.

위에서 본 바와 같이 비유는 두 가지의 서로 다른 사실에서 연관성을 발견하는 데서 시작된다. 연관성은 유추의 과정을 통해 발견된다. 격렬한 청춘 시절을 다 보

낸 완숙한 여인과 소란한 계절들을 다 보내고 핀 국화
는 서로 유추를 할 수 있는 관계에 있는 것이다.

그러나 무슨 비유든지 그렇게 유추 관계가 명확한 것
은 아니니 주의할 필요가 있다. 예컨대, '젊음의 뒤안길'
에서는 '남 모르는 고뇌' 또는 '과거'와 반드름하게 유추
관계를 끌어내기 힘들다. 여기에는 전장에서 설명한 시
적 언어의 '모호성'이 또 개재되어 있는 까닭이다. 이것
은 논리로서는 불합격이나 시로서는 합격 이상이다. 서
정주의 또 다른 시구 '꽃같이 빨간 울음을 울었다'에도
명유와 암유가 계속되어 나오는데, '꽃같이 빨갛다'는
말은 흔히 보는 비유(명유)이나, 빨간 울음은 무척이나
신기하고도 충격적이며 암시적이다. 그러나 그 은유의
타당성을 뒷받침할 유추 과정을 재구성해 보기란 쉽지
않다. 그러나 대강은 짐작할 수 있다. 빨간 것은 피빛이
다. 너무나도 안타깝고 슬플 때 피눈물을 흘린다고 한
다. '빨간 울음'은 일단 피눈물을 흘리는 울음이라고 해
석할 수 있다. 피눈물은 물론 그것대로 비유다. 그런데
여기서 문자 그대로 빨간 피가 흐른다. 살해된 아기의
피가, 또 문둥이의 피가 아주 선홍색이라는 말도 있다.
이런 여러 의미가 얽히어서 '빨간 울음'이라는 충격적,
징그러운 표현이 생긴 것이다.

그러나 아무리 그럴싸한 해석을 갖다 붙여도 '빨간
울음'이란 표현 자체를 완전히 설명할 수는 없고 따라서

대신할 수도 없다. 바로 이 점이 중요하다. 시적 비유는 일종의 독특한 의미의 창조로서 우리가 잘 아는 대로 창조란 것은 그 창조가 있기 전의 기존 사실들만으로는 완전히 설명이 안 되는 사실을 가리킨다. 비유의 창조에는 알려진 두 가지의 기존 사실이 합작한다.

우리가 애송하는 유치환의 〈깃발〉에서 깃발은 '소리 없는 아우성'에 비유되고 있다. 즉, 깃발과 아우성(소리 없는 아우성은 그것대로 하나의 궤변이다)은 의미의 공동 영역이 있는 것으로 유추되어(시인만이 그것을 발견한다) 서로 바꿔치기를 한 것이다. '소리 없는 아우성'은 곧 나부끼는 깃발을 가리킨다. 그러나 비유란 그처럼 그냥 간단히 바꿔치기를 한 결과는 아니다. '아우성'은 '깃발'을 위한 허깨비에 불과한 것은 아니다. 사전에 각각 정의되어 있는 '깃발'과 '아우성'의 의미는 전혀 연결점이 없지만 아우성이 깃발의 의미를 나누어 가지도록 됨으로써 깃발도 또한 아우성의 의미를 나누어 가졌고 그리하여 '깃발=아우성'이라는 새로운 의미가 탄생한 것이다. 이 새 의미는 그 시 안에서만 살아 있는 의미이고 일상생활에서는 통용되지 않는 의미다. 이렇게 보면 시는 곧 새 의미의 창조라는 말이 쉽게 수긍된다. 국화를 '내 누님같이 생긴 꽃'이라 불렀을 때 누님도 국화를 닮고 국화도 누님을 닮아 결국 '누님=국화'라는 미묘한 새 의미가 창조되는 것을 이미 보았다.

비유에는 여러 가지 종류가 있으나 수사학에서나 까다롭게 다룰 일이고 우리는 이 정도로 원칙적인 것만 이야기하기로 한다.

5. 상징과 알레고리

시적 심상 중에 어떤 것은 단 한 작품 속에서 또는 한 작가의 여러 작품에서 또는 한 시대의 여러 작품에서 반복적으로 사용되는 것도 있다. 그 중에 말버릇에 불과한 것도 많지만, 반복적 사용으로 말미암아 단지 한 부분에서만 그 기능을 발휘(의미 구현)하는 것이 아니고 작품 전체, 그 작가의 일련의 작품들에, 한 시대의 작품들 전반에 걸쳐 의미의 힘을 뻗치고 있는 심상도 있다. 또 어떤 경우에는 한 작품에서 한 번만 사용된 심상이라도 그 의미의 힘이 작품 전체에 미칠 때도 있다. 또는 한 개의 심상을 여러 개의 종속적 심상들이 설명하는 형태의 작품도 있다. 위의 여러 경우에 속하는 심상은 여느 심상과는 달리 확정지을 수는 없으나, 보다 큰 추상적 의미를 암시한다. 이와 같은 심상을 문학적 상징(literary symbol)이라 부른다.

우리가 잘 아는 박두진의 〈해〉에서 '해'는(말갛게 씻은 얼굴 고운 해야 솟아라) 우리가 늘 보는 아침 해임에 틀림없다. 시인은 형용사, 비유를 사용하여 그 해의 시각적 인상을 묘사하고 있다. 그러나 이 해라는 심상은 그 작품만 아니라 박두진의 다른 작품들에도 자주 등장하여 어딘가 묘사적 심상에 그치지 않고 보다 큰 추상적 의미를 함축하고 있다는 암시를 얻게 된다. 박두진의 〈해〉의 상징적 의미를 여기서 설파할 수는 없으나, 그것이 그 시인의 귀히 여기는 어떤 정신적 가치를 대표한다는 것은 틀림없다.

유치환의 〈깃발〉도 단지 '소리 없는 아우성', '노스탈자의 손수건' 등등의 기막히게 인상적인 감각적 비유들로써 그려진 '깃발의 그림'은 아니다. 어떤 고귀함, 어떤 이상적 상태를 그리워하여 몸부림치는 정신적 태도를 암시하지 않는가? 이장희(李章熙)의 정확한 '그림'과는 본질적으로 다르다. 〈국화 옆에서〉에 관해서도 같은 말을 할 수 있다.

서정주는 독특한 개인적 입장에서 인생의 어떤 면(누님의 일대기와도 비슷한)을 말해 주는 큰 의미의 상징으로 국화를 보는 것이다. 상징은 물론 시에만 있는 게 아니다. 소설·희곡에도 얼마든지 사용된다. 상징은 문학적 의미 구현의 근본 방법인 까닭이다. 예컨대, 〈모밀꽃 필 무렵〉의 흰 메밀밭은 단지 인상적 묘사(심상)일 뿐 아니라 의미에 암시적으로 참가하는 의미 요소다. 이런 관점에서 생각하면 참으로 많은 심상들이 상징적 의미의 영역을 내포하고 있는 것이다.

문학적 상징과 일반적 상징은 엄격히 구별해야 한다. 국화는 동양 세계에서도 고상·고결에 대한 꽃말, 즉 상징으로 통용되고 있다. 백과사전에 찾아보면 나올 정도로 통용되는 국화의 상징적 의미는 이미 일상생활의 영역에 속한다. 즉, 시적 상징이 아니다. 서정주는 국화의 그런 일상적 상징성과는 전혀 다른 별개의 상징성을 창조하였다. 깃발, 예컨대 태극기는 우리 국가의 상징이다. 우리 국민 전부가 무척 존귀하게 여기며, 우리 국법에서 정한 대로의 존귀의 방법을 어기면 처벌까지 받는다. 누구나 태극기의 상징적 의미를 알고 있다. 상징, 그러나 대한민국의 존귀성 그 자체와 일정한 무늬가 찍힌 네모난 헝겊 조각은 아무런 필연적 관계가 없다. 그 둘을 연결시킨 것은(얼마간 역사적 의미가 있다고 해도) 전혀 우연이고 임의적인 것이다.(국화와 단순한 개념으로서의 고결의 연결도 역시 임의적이다) 그러나 해변에 고착된 깃대 끝에 바닷바람을 타고 어디론가 가고 싶은 듯 나부끼는 깃발과 그 추상적 의미(어떤 정신 상태)와는 비록 객관적 논리성은 없다 하더라도 어떤 필연적 연관성이 있음이 강력히 암시된다. 일상적 상징은 H_2O와 같은 기호가 되려는 경향이 짙고 문학적 상징은 무한히 뻗어나가는 동계열의 의미들의 구심점 자체가 되려고 한다. 동시에 문학적 상징은 하나의 선명한 심상으로서의 구체성을 결코 잃지 않는다. 시에 나오는

'해'와 '국화'와 '깃발' 들은 모두 선명한 구체적인 사물들이기도 하다.

문학적 상징을 많이 사용한다고 해서 '상징주의'라는 게 된다고 생각해선 안 된다. 문예사조사(文藝思潮史)의 한 시대를 풍미하던 상징주의는 물론 문학적 상징을 중요시하였지만, 그보다도 상징들이 갖게 마련인 '암시성'을 극도로 이용한(그리하여 낱말들의 일상적 의미를 되도록 무시한) 문학의 한 유파를 말하는 것이니까, 문학적 표현방법으로서의 상징의 사용과는 다르다. 그러나 상징주의파의 영향은 대단히 커서 우리나라에서 대유행을 하고 있다. 심상의 암시성이 최대한으로 고도화된 작품들은 19세기 말의 상징주의자에 관련되어 있다.

한 잔의 술을 마시고,
우리는 버지니아 울프의 생애와
목마를 타고 떠난 숙녀의 옷자락을 이야기한다.

박인환 〈목마와 숙녀〉

인명사전에 나오는 Virginia Woolf, 국어사전에 정의된 목마, 숙녀 옷자락 등등의 일상적 의미는 이 시에서는 무의미하게 되었다고 할 수 있을 정도다. 엄격히 말해서 이 시에 의미는 없다. 있는 것은 심상들이고 그 심상들이 짙은 냄새처럼 풍기고 있는 암시성뿐이다. 이런 종류의 상징적인 시는 의미의 해석을 거부한다. 이렇게 하여 얻어지는 효과는 무엇인가?

문학적 상징이 일반적인 심상이나 비유와는 다른 성질을 가졌다는 사실에 주목하기 시작한 것은 문학연구 사상 그리 오래된 일은 아니다. 그 전에는 상징보다도 알레고리(allegory)라는 것에 더 관심이 있었다. 알레고리는 상징보다 훨씬 전부터 문인들이 의식적으로 이용한 표현 수법이었고, 지금은 별로 크게 유행하지 않는다. 간혹, 상징과 알레고리가 혼동되는 경우도 있는데, 이 둘의 구별도 중요하다. 동양서는 알레고리를 우유(寓諭)로 번역하기도 하지만 오히려 거추장스러우니 그냥 알레고리라 하자. 가장 단순한 형태의 알레고리는 우화(寓話)이다.

'멧돼지가 하루는 나무에다 대고 송곳니를 갈고 있었습니다. 여우가 지나가다 묻기를 따라오는 사냥꾼도 없고 아무런 위험도 없는데 왜 그러느냐고 했습니다. 멧돼지가 대답하기를 "그럴 이유가 있네. 위험이 닥치면 그때에는 송곳니를 갈 시간이 없다네. 미리 쓸 만하게 준비를 해둬야지." 하였습니다.'

〈이솝 우화집〉에서

이 이야기의 의미는 아주 명백하게 이중적이다. 문자 그대로의 의미와 추상적·교훈적 의미의 두 층이 서로 평행하고 있다. 문자적 의미, 곧 표면적 의미는 멧돼지와 여우가 주고받는 이야기일 뿐이다. 그러나 명백하게도, 문자적 의미의 표면은 '일을 닥쳐서 곤란해 하지 말고 미리 준비하라'는 유비무환(有備無患)의 정신적, 적어도 교훈적 의미의 이면이 깔려 있는 것이다. 모든 알레고리는 이처럼 구체적 표면과 추상적 이면의 두 의미의 층이 평행선 모양 나란히 마주 보면서 전개되는 글이다.

구체적인 표면은 눈에 보이지 않는 추상적 의미의 면을 보기 위한 안경 같은 것이다. 즉, 표면과 이면은 1 대 1의 긴밀하고 확정된 연결을 가지고 있다. 문학적 비유와 상징은 표면(즉 구체적 심상)과 그것이 가리키는 이면이 그렇게 확연히 구별되지는 않을 뿐더러, 하나의 심상의 중요성은 이면적 의미를 알아보기 위한 역할(즉 수단)에서 그치지 않는다. 심상은 심상대로 그 선명성은 구체성을 그대로 유지하며 동시에 추상적 의미가 암시된다. 알레고리는 그 성질상 종교가의 설교(탕자의 비유)나 교육가의 예화에 많이 인용되며 따라서 종교적 문화가 지배적인 시대에 특히 유행하였다. 단테의 〈신곡〉은 인간의 정신적 편력을 지옥·연옥·천당에의 순례로 알레고리화한 대작이다. 밀턴의 〈실락원〉도 알레고리의 차원에서, 즉 인간의 정신적 투쟁에 대한 알레고리로 볼 수 있는 소지가 충분히 있다. 현대에 이르러 본격적 알레고리는 흔히 쓰여지지는 않으나 알레고리적 수법은 종종 발견된다.

내 병실로는 어여쁜 세 처녀가 들어오면서,
— 당신의 앓는 가슴 위에 우리의 손을 대이라고 달님이 우리
를 보냈나이다.—

나는 고마워서 그 처녀들의 이름을 물을 때,
— 나는 '슬픔'이라 하나이다.
　나는 '두려움'이라 하나이다.
　나는 '안일'이라 부르나이다.—
그들의 손은 아픈 내 가슴 위에 고요히 닿도다.
　　　　　　　　　박영희(朴英熙)〈월광(月光)으로 짠 병실(病室)〉

이것은 자기의 고민하는 정신 상태에 대한 알레고리
적 표현이다. '슬픔'·'두려움'·'안일'은 세 처녀로 의인화
(personification)되어 있는데, 의인법이야말로 알레
고리의 가장 기초적 방법인 것이다.

6. 플　롯

지금까지 우리는 문학작품의 미시적(微視的) 요소들
을 따져 보았다. 여기서 일일이 다 설명하지 못한 다른
요소들과 더불어 그것들은 작품이라는 특수한 언어 구
조를 형성하는데, 그것들이 그냥 저절로 뭉쳐지지는 않
는다.

무엇보다도 단일한 주제(subject 또는 theme. 이것

은 뒤에 설명한다)에 의하여 전체가 통일을 이루어야 한다. 문체·리듬·톤의 통일 역시 중요하다. 각 요소들을 하나의 전체를 지향하여 유기적으로 짜놓은 것을 플롯(plot)이라 부른다. 플롯은 소설과 희곡처럼 '이야기'의 성질이 강한 문학 장르에만 있는 것인 줄로 알고들 있으나, 어떠한 장르에도 다 있는 요소다.

완전한 하나, 즉 한 개의 전체가 되어야 한다. 유치환의 〈깃발〉과 서정주의 〈국화 옆에서〉가 각각 아무리 잘 된 작품이라고 해도 둘이 한데 합쳐질 수는 없다. 〈모밀꽃 필 무렵〉과 〈발가락이 닮았다〉가 서로 붙어서 한 작품이 될 수는 없다. 두 개의 전체는 언제나 두 개로 남는다.

아리스토텔레스식으로 설명한다면, 문학작품은 한 완전한 인간 행위의 모방이다.

대개, 완전한 사물이라는 것은 '처음'·'중간'·'끝'이 있는 것으로서 처음이라는 것은 그 앞에 아무 필연적인 것은 없으나 뒤에 무엇인가가 반드시 따르는 것을 말하며, 중간이라는 것은 앞과 뒤에 반드시 무엇인가가 딸린 것을 말하며, 끝이라는 것은 반드시 앞의 것을 따르되, 뒤에는 아무것도 따르지 않는 것을 말한다. 그러니까 플롯이란 하나의 행위—범위를 넓혀서 문학의 소재가 되는 우주 만상과 인간 만사—의 처음·중간·끝의 긴밀한 관련이 있도록 꾸민 것을 뜻한다. 한 편의 시도 아무렇게나 시작되어서 아무 데서나 끝나는 것이 아니다. 시인이나 소설가나 모두 처음·중간·끝이 각각 필연적으로 자연스럽게 연결되는 하나의 전체(통일체)를 만들려고 고심하는 것이다. 한 마디의 연설을 하는 데에도 그러한 배려는 중요하다.

플롯이란 다시 말하면 전체를 구성하기 위한 부분들의 적절한 배치다. 우리는 이 점을 강조해야겠다. 흔히들 플롯을 이야기 줄거리라고 생각하나, 이야기 줄거리(narrative)는 문학적으로 처리되기 이전의 소재에 지나지 않는다. 〈춘향전〉의 소재, 즉 이야기 줄거리는 단 하나뿐이다.(지엽적 차이는 있어도) 경판본(京版本)·완판본(完版本)·열녀 춘향 수절가(守節歌), 연전에 상연된 영화 〈춘향전〉은 모두 그 같은 소재를 이용하나 엮어 짠 모습이 다 다르다. 즉, 같은 이야기를 가지고 플롯을 다르게 함으로써 다른 작품이 되게 할 수 있는 것이다.

역사소설의 경우 소재(이야기 줄거리)는 다 주어진 것이니까 작가의 역량은 플롯 구성에 전적으로 달려 있게 된다.

플롯은 소재의 의미 있는 배열이다. 위에서 암시한 바와 같이 플롯은 서정시나 수필에서보다도 소설과 희곡에서 더 적극적으로 추구되는 요소다. 그 까닭에 플롯과 '이야기'가 혼동되는 것도 아주 무리는 아니다.

소설과 희곡은 정신 작용까지 포함하여 사람의 보다 거시적(巨視的) 행위를 다루는데, 사람의 행위란 말로써 묘사·전달하면 이야기가 되게 마련이다.

플롯은 작품에 따라 천태만상의 형태를 가지고 있으나, 몇 가지 유형으로 대별할 수 있을 것이다.

첫째로, 가장 단순한 형태의 플롯은 한 사건(하나의 인간의 행위를 이렇게 쉽게 부르기로 하자)의 자초지종을 발생의 시간적 순서를 따라 쭈욱 기술해 가는 것이다. 어떻게 보면 이것은 소재, 즉 이야기 줄거리를 그냥 다룬 셈이다. 대부분의 옛날 이야기는 바로 이런 플롯을 갖는다.

'옛날에 임금님과 왕비님이 계셨는데 예쁜 공주를 낳았습니다. 공주님은 점점 자라서…… 갖은 우여곡절을 겪은 끝에 멋진 왕자님과 결혼을 해서 죽을 때까지 잘 살았다고 합니다.'

식의 플롯 말이다. 잘못된 역사소설도 그에서 별로 멀지 않다. 이야기의 전개는 순전히, 그래서, 그 다음에는, 또 그 다음에는,……으로 단지 독자의 무자각한(무책임한) 호기심을 계속 자극하는 것이 이야기를 하나로 묶는 원동력이 되고 있다. 주인공에게 발생하는 여러 사건들은 '그리고 나서는', '그리고 나서는'으로 연결될 뿐 사건과 사건 사이의 유기적 관계, 인과적 관계는 없다. 독자는 순전히 호기심으로 따라가며(먼저 읽은 것은 잊어도 된다) '재미'를 느낀다. 문체와 리듬조차도, 거치적거리는 수식과 독특한 표현 방법도 갖고 있지 않는 것이 보통이다. 독자는 특별히 사고력과 지능을 발휘할 계제를 발견치 못하고 단지 즐기기만 하면 된다.

영국 소설가 포스터(E. M. Forster)는 위에서 설명한 바와 같은 플롯을 가진 소설을 '행동의 소설(novel of action)'이라 했고 그 예로 스콧의 〈아이반호〉와 스티븐슨의 〈보물섬〉을 들고 있다.

그는 이런 종류의 플롯과 대조적인 것으로 '극적 소설(dramatic novel)'을 들고 있다. '극적'이라는 말은 어떤 '결단적, 비상한 인상적 행위'에다 붙이는 형용사이다. 이것은 희곡이 어떤 '극적'인 성격을 가졌음을 잘 시사한다. '극적 행위'는 어떤 갈등·충돌·장애를 헤쳐 나갈 때의 행위다. 즉, 극은 어떤 중대한 갈등이 포함된 이야기를 한다.

극적 소설이란 바로 그처럼 결정적 계기가 되는 갈등을 중심으로 엮어진 플롯을 갖고 있다.

우리가 주지하다시피 희곡은 주인공의 탄생으로부터 사망에 이르기까지 다 취급할 수 없는 제약이 있을 뿐 아니라 그걸 다 취급하고자 하지도 않는다. 대개 극적 순간을 핵심으로 해서 그 전후 사실을 다룬다. 극적 플롯은 그러니까 어떤 결정적 계기가 되는 갈등을 중심으로 삼는다. 플롯 구성에는 세밀한 주의가 필요한 것이다. 사건을 극적으로 다룬다는 것은 그것을 말한다.

이 수법은 아득한 예전부터 동서양의 문인들이 개발하였다. 예를 들면 호메로스는 〈일리아드〉를 '펠레우스의 아들 아킬레스의 분노를 노래하라', 즉 그리스 장수 아킬레스가 불만을 품고 전쟁에 참여하지 않는 순간부터 시작하고 있다.

때는 이미 트로이 전쟁이 시작된 지 9년이 지난 다음이었다. 그로부터 얼마 안 있어 아킬레스는 전사하고 그리스는 완전 승리를 거둔다. 그러니까 호메로스는 약 10년에 걸쳐 벌어진 사건을 제 9년에서 시작하는 것이다.

이 수법은 '사건의 중도에서 뛰어들기(in medias res)'라는 이름을 갖고 있는데 그후의 많은 서사시인(敍事詩人)들과 소설가들이 본받았다. 우리가 잘 아는 중국 소설 〈수호지(水滸誌)도 주인공 송강(宋江)이 죄를 범하고 도망하는 데서부터 시작된다. 희곡은 성질상 '사건 중도에 뛰어들기'를 안 할 수 없다. 〈햄릿〉은 왕이 죽고 왕비가 재혼한 지 얼마 안 되는, 또한 왕자 햄릿이 죽을 날이 얼마 안 남은 순간부터 막이 열린다. 그러나 햄릿이 왕이 죽기 전에 위텐부르그 대학의 유학생이었다는 것과 오필리아라는 아가씨와 연애를 했다는 것, 부왕을 몹시 존경했다는 사실들은 대화를 통해 간간이 언급된다. 이런 것이 너무 많으면 주체스러워지지만 필요한 정도만큼은 간결하게 도입 않을 수가 없다.

소설은 그 점에 있어서 보다 자유롭다. 호메로스도 아킬레스가 아가멤논과 다툰 후 성이 나서 전쟁 불참을 선언하고 나온 즉시부터, 즉 사건이 9년이나 지난 순간부터 이야기를 시작했으나 나중에 사이사이에서 그 전에 생겼던 일로 되돌아간다. 이런 수법은 영화에서 특히 잘 사용하므로 영화 기법의 술어인 '되돌아가기(flash back)'란 이름을 갖고 있다. 근대 소설가가 무척이나 즐겨 사용하는 플롯의 기법이다.

극적 플롯은 어떤 갈등이 빚는 결정적 순간(crisis)을 향하여 치밀하게 짜인다. 이렇게 짜임새가 치밀하게 되도록 하는 원칙은 인과관계(causality)다. 한 커다란 행위의 작은 마디마디들은 호기심 때문에만 연결되는 것이 아니라, 한 마디가 필연적 결과로써 다음 마디를 낳아 마디들은 인과적 타당성을 가지고 맥락(脈絡)이 이어지게 된다. 포스터가 말하듯이 '임금님이 돌아가셨습니다. 그 다음에는 왕비님이 돌아가셨습니다' 하면 플롯이라고 할 수 없는 단순한 옛말이지만, '임금님이 돌아가셨습니다. 그 다음에는 왕비님이 슬퍼서 돌아가셨습니다'라고 하면 두 사건 사이에 원인 결과의 맥락이 이어져 극적 플롯의 초보 형태가 된다. '여왕이 돌아가셨다. 아무도 그 이유를 몰랐다. 얼마가 지난 후에야 임금이 돌아가신 데 대한 큰 슬픔 때문에 돌아가셨다는 것이 밝혀졌다'가 되면 상당히 발전한 플롯이다.(이런

플롯에 중간에 뛰어들기와 되돌아가기는 저절로 따르게
마련이다) 사건의 인과관계에만 주안하는 플롯이 탐정
소설에서 가장 철저히 이용된다는 것은 당연한 이치다.
극적 플롯이 사건들의 필연적 연쇄로 말미암아 '왜 그랬
을까? 어떤 이유에서……?' 이렇게 자연히 호기심을 일
으키게 마련이나, 그것은 추리력과 앞의 사건의 기억이
선행되어야 하는 호기심이다. 결코 무책임하지 않다.
그래서 호기심이라는 어감 나쁜 말을 피해 서스펜스(su
spense：미해결에 대한 불안감의 뜻도 있다. 여기에 스
릴(thrill)이 첨가되면 전통적 탐정소설의 플롯이다)란
말을 쓴다. 판단과 추리력을 잘 구사하면 앞으로 벌어
질 일의 예감도 가질 수 있다.

극적 플롯은 장차 생길 일을 암시하는 예고(fore-
shadowing)의 요소를 갖는다. 물론 정확히 예측할 수
는 없지만 암시를 받을 수 있으며, 다 읽고 나서 회상
할 때 '이제 보니 그것이 그렇게 될 징후였구나' 하고
판단할 수 있는 것이다.

극적 플롯의 갈등·충돌(conflict)은 가장 중요한 핵
심이다. 햄릿 왕자가 현재의 임금(그의 숙부)이 부친을
살해한 자임을 확인하였을 때, 또 숙부가 햄릿이 자기
를 의심하는 것을 간파하였을 때(그것들은 다 극적 순
간들이었다) 희곡 〈햄릿〉의 중심적 갈등─햄릿과 숙부
의 투쟁─은 확연히 윤곽이 드러난다. 이 갈등에 대처

하는 두 사람의 행위는 무척이나 서스펜스를 조성한다.
갈등은 사람 사이에만 발생하지 않고 멜빌의 〈흰 고래〉
처럼 사람과 동물, 하디의 〈테스〉에서처럼 인간과 운명
사이에서도 벌어진다.

개인과 사회 사이에 벌어지는 갈등을 담은 예를 생각
해 보자.(얼마든지 많다) 소설이나 희곡은 단 한 개의
갈등을 내포할 뿐 아니라 주요 갈등 이외에 종속적 갈
등들이 여럿이 있을 수도 있고 많은 갈등들이 공존할
수도 있다.

주인공이 그 여러 갈등 중에 어떤 것이 그에게 가장
긴급한 것인지 모르는 수도 있다. 서로 반대되는 세력
이 대치하고 있을 때에는 어느 경우에도 갈등은 생길
수 있다. 갈등은 궁극적으로 선악의 싸움처럼 한 개의
정신 내부에 있을 수도 있다. 또, 이것은 단지 플롯의
문제가 아니고 인물 자체의 문제가 된다. 이 문제는 다
음 장에서 다루기로 한다.

7. 성격과 관점

성격(character)도 주로 소설과 희곡에 관련해서 논
의되는 것이나, 서정시에도 물론 성격적 요소가 있다.
우리는 훨씬 앞에서 시의 극적 성질에 대해 말한바 서
정시도 일종의 극적 독백이라고 볼 수 있는 소지가 있

는 것이다. 〈국화 옆에서〉는 서정주가 창조한 어떤 인물(서정주 개인과 무척 닮은 데가 있을 수 있다)의 독백인 것이다. 그러한 독백을 할 수 있는 인물 또는 성격(서정주의 예술적 개성이라 해도 좋겠지만)에 대해 우리가 흥미를 안 느낄 수가 없다. 김소월의 〈진달래꽃〉의 경우는 분명히 독백이 아니라 대화이지만 상대편(무정히 떠나가는 남자?)의 응답은 주어지지 않았다. 시추에이션이 상당히 잘 주어진 극적 순간의 대사다. 더더구나 그것은 버림받는 여인의 말이고 김소월 자신의 독백은 아니다. 김소월은 우리의 동정과 매력을 끄는 성격이 꽤 뚜렷한 여인을 창조했다. 물론 하나의 성격은 단일한 시추에이션이나 단면적 행위나 감정에 의해서보다는 여러 시추에이션, 연속적 행위와 감정에 의해 흥미 있게 전개될 수 있다.

짧은 시에서는 성격의 전개 과정이 생략될 수밖에 없다. 따라서 주로 소설과 희곡에서 성격이 문제가 되는 것이다. 작품에서 인물의 성격을 구현해 내는 것을 인물 또는 성격 구성(characterization)이라고 한다.

셰익스피어는 백만 인의 성격을 가졌었다는 말이 있거니와 모든 소설과 희곡의 인물들은 모두 성격이 다르다. 그러나 소설에 있어서 성격 구성의 근본적 방법은 다음 몇 가지로 구분된다.

첫째로, 작가가 직접적인 설명을 통하여 인물의 성격

을 제시한다. 인물의 본격적 등장에 앞서 그를 길게 소개하는 것이다. 그러나 보다 흔히는 한 인물이 어떤 행위를 취할 때마다 그의 성격을 설명하는 대목을 먼저 삽입시키는 것이 보통이다. 작가가 독자에게 친절을 보이는 듯도 하지만 지나치게 작가가 앞에 나서서 선의의 방해를 한다는 인상도 준다.

둘째로, 인물의 행동을 통해 그의 성격이 드러나게 하는 방법도 있다. 작가는 제 나름대로의 설명을 되도록 안 붙인다. 독자가 스스로의 추리력과 상상력 및 판단력을 동원하여 특징적인 행동을 통하여 나타나는 인물의 성격을 파악하도록 하는 것이다. 이 경우 성격과 행위는 서로 인과관계를 맺고 있어 둘을 구분하기가 불가능하다. 그러한 성격에서 그러한 행위가 나오고, 그러한 행위에서 그러한 성격을 추측하게 되는 것이다.

일반적으로 플롯과 성격을 분리할 수 없이 조직된 작품에서 볼 수 있다. 즉, 극적 소설에서 많이 볼 수 있다.

물론 희곡에서는 성격 구현을 이런 방법으로 주로 하게 된다.

셋째로, 역시 작가가 성격에 대한 설명을 하지 않는 방법으로서, 외적 행동과 시추에이션이 한 인물의 내적 자아에 미치는 충격 또는 영향을 제시함으로써 그 인물의 성격의 세밀한 특질을 보여 주는 것이다. 역시 독자는 스스로의 능력으로 그 인물의 내적 모습을 파악하게 된다. 이른바 본격적 성격 소설의 경우다.

위의 세 가지의 성격 구현 방법을 논함에 있어 소위 '관점(point of view)'이라는 것도 곁들여 이야기하지 않을 수 없다. 소설론에서 말하는 '관점'이라는 것은 한 소설을 전개시키는 주체를 말한다. 한 소설의 화자(話者, speaker)가 일인칭, 즉 '나'일 때 그 소설은 '나'의 관점에서 진행된다. 내가 직접 참여할 수 없는 장면에 대해서는 나대로의 추측, 전문(傳聞) 이외에는 알 수가 없다. 즉, 시야가 제한된다. 삼인칭 소설─그·그녀·그들만이 등장하는 소설─대부분의 소설이 이 부류에 속하지만─은 보통 모든 인물·사건의 배후에 서서 하나도 빠짐없이 다 알고 설명하는 저자 자신의 관점─모든 걸 다 아는 저자(omniscient author)─에서 전개된다. 희곡은 이러한 '이야기를 하는 나(first person narrator)'나 '모든 걸(말도 포함) 다 아는 저자'의 설명적 개입이 없이 직접 행동을 통하여 인물이 관중(독자)에게 제시한다. 여기에 관점이 있다면 그것은 독자(관중)의 관점이다. 소설에서도 성격 구현을 흉내내서 삼인칭의 관점을 사용하되 모든 것을 다 알고 있는지라 배후에 서서 이 극적 이야기를 해나간다는 인상을 되도록 배제하는 수법을 개발하고 있다. 이른바 '자기 소멸의 저자(self-effacing author)'의 관점이다. 설명 부분은 적고 대화가 많은 작품이나 인물에 대한 설명이 거의 없이 그의 외적 행동과 말을 객관적으로 기술하는 일부 사실주의적 작품이 여기 속한다.

이런 작품에서는 시선을 끄는 화려한 문체도 사용되지 않는다. 작가의 역량은 자신을 교묘히 감추는 능력에 발휘된다. 그리하여 등장 인물의 성격은 그 스스로 구현하는 듯이 보이는 것이다.

외적 사물이 인물의 내적 자아(內的自我)에 미치는 충격과 영향을 세밀히 제시하는 방법은 주로 '심리소설'이라는 데에서 이용되고 있다. 미국 소설가 헨리 제임스는 주인공의 눈을 통하여 보이는 세계가 그의 심리 상태와 행동에 어떻게 작용하는지를 묘사하려고 하였다. 말하자면 주인공의 '관점'을 지킨 것이다. 이것은 삼인칭 소설이지만 저자 자신의 의식보다도 주인공의 의식이 지배적인 수법이다. 제임스를 효시로 하여 구미 각국의 작가들이 주인공 또는 여러 등장 인물들의 의식 속을 그대로 제시하려고 하였다. 이른바 '의식의 흐름의 수법(stream of consciousness)'인 것이다.

독자는 인물의 성격 구현을 밖에서 보고 있는 것이 아니라 아예 인물의 의식 속에 들어가 있는 셈이다. 이 경우에서도 저자는 소멸된다. 외부 사물의 자극에 대하여 인물들의 의식은 전혀 기대하지 않는 반응을 보이며 그 반응의 복잡다단함이 내적 독백(interior monologue)에 의해 전개되는 것이다. 사회적 언어 이전의 무의식·

의식의 흐름에서 우리는 인물의 성격을 속속들이 알게
됨을 느낀다. 이것이 20세기 소설의 최대의 공헌이라고
할 수 있는 바, 외적인 인물로서는 조금도 매력이 없을
뿐 아니라 오히려 구역이 날 정도인 평범한 인물들(조이
스의 〈율리시즈〉의 주인공은 벌이가 시원치 않은 광고업
자, 포크너의 〈소동과 광란〉의 인물은 백치이다)의 의식
세계는 복잡하면서도 더없이 아름답다는 사실은 놀라운
발견이었다.

  성격 구현에 있어 작가는 한 인물의 성격의 독특한
면을 주로 강조할 수도 있고, 또는 인물의 성격의 여러
면을 여러 각도에서 제시하여 완전한 개성이 있는 인물
로 만들 수도 있다. 극단에 이르러서는 면이 여럿 있을
수록 윤곽이 둥그런 입체가 되고 면이 하나이면 입체가
못 되고 평면이 되는 것처럼, 한 특성만이 강조된 인물
은 평면적 '납작한 성격(flat character)'이 된다. 늘
성만 내는 사람, 늘 웃고만 있는 사람 등등은 어느 시
추에이션에서나 그 한 가지 특성을 보일 뿐이다. 따라
서 실제의 사람과는 다른 과장적인 데가 있다. 극단적
으로 되면 희화(戲畵)가 된다. 그래서 풍자 문학이나
희극적 문학에서 또는 주인공과 어울리는 부차적 인물
로서 등장하길 잘한다.

  평면적 성격은 한 면 이외에 더 발전될, 변화할 여지
가 없다. 그래서 그를 '정지적 성격'이라고 하고 '붙박이

성격(stock character)'이라고 한다. 성격의 여러 면이 다 주어진 입체적 인물은 각 시추에이션에서 자기 성격의 다른 면들을 드러내고 언제나 발전·변화한다는 점에서 '동적(dynamic) 성격'이라 부른다. 납작하지 않다고 해서 '둥근(round) 성격'이라고도 한다.

정지적 인물에게는 사건이 밖에서부터 생길 뿐이고 그의 내부로부터는 생기지 않는다. 따라서 '의식의 흐름'의 수법의 대상이 될 수 없다. 대부분의 희곡과 소설에서 동적 인물을 주인공으로 삼는다는 것은 당연하다. 그러나 '납작한 성격'은 구현하기가 쉽고 '둥근 성격'은 힘들다고 간단히 생각해서는 안 된다. 본래 입체적인 사람의 성격을 인위적으로 평면화한다는 것은 까다로운 기술이 필요하다. 잘못하다가는 채 평면도 못 되고 그렇다고 제대로 입체도 못 된 쭈그러진 물건을 만들기 쉽다.

완전 입체적 인물을 만들어 내는 것은 물론 어려운 일이다. 대체로 성격 구현이 박약한 통속문학에서는 입체도, 평면도 아닌 식어빠진 인물들이 대거 등장하는 것을 보아도 성격 구현이란 작가의 가장 중요하고도 힘든 작업의 하나인 것이다.

현대 문학의 특질의 하나는 이야기의 진행—통칭 플롯—보다도 한 인물의 독특한 성격을 뚜렷이 부각시키려는 노력이다. 이른바 성격 소설이라는 것이다. 행동

과 배경마저 성격을 구현하기 위한 수단이 된다. 이것
은 모험소설이나 탐정소설(또는 희곡)과 성질이 매우
다른 작품이 될 것이다. '의식의 흐름'의 소설은 현대 성
격 소설의 첨단이다.

8. 배경 : 시간과 공간

인물에 의해서 행위가 이루어지려면 일정한 공간이
필요하다. 이 공간을 통칭 배경이라 하여 문학의 본질
적 요소로 논의하고 있다. 배경을 이루는 요소들은 다
음의 몇 가지로 추정할 수 있다.

첫째로, 실제의 지리적 내지 물리적 장소 및 위치.
가장 초보적이고 직접적 의미에 있어서의 배경이다. 벚
꽃이 피는 창경원, 번잡한 광화문 네거리 등, 험준한 산
악지대, 해수욕장 등의 지리적 장소와 어둠침침한 다
방, 남으로 창이 난 서재, 따뜻한 아랫목, ㄷ자로 책상
들이 배열된 사무실 등 물리적 위치도 그 예이다. 이런
의미의 배경은 모든 문학작품에서 추출할 수 있는 것으
로서 그것이 작품 전반에 미치는 영향력은 클 수도 있
고 작을 수도, 무시할 수도 있다. 〈모밀꽃 필 무렵〉에서
메밀꽃 피는 달밤의 시골 장길은 매우 뚜렷한 배경을
이루어 여러 모로 플롯의 전개와 성격의 구현에 영향력
을 미치고 있다.

시 중에도 서경시(敍景詩)는 배경의 요소가 특별히
강하다. 김소월의 〈진달래꽃〉은 진달래 피는 약산이 있
는 영변이 배경이겠으나 아련히 의식될 뿐이다.

둘째로, 등장인물들의 생활상도 배경이 된다. 농촌이
라는 지리적 장소가 배경이 되어 있다 하더라도 작가가
그 지리적 요소보다 농민들의 일반적인 생활방식, 하는
일, 인간 관계에 더 주안한다면 그것이 곧 작품의 배경
이 되는 것이다. 김동인의 〈감자〉는 평양의 빈민촌을
지리적 배경으로 삼고 있으나 보다 중요한 것은 표면상
의 윤리가 의미를 가지지 못하는 사회의 생활상을 배경
으로 하고 있다. 군인 사회의 생활 또는 학생 사회의
생활 등등을 배경으로 하는 소설이나 희곡은 쉽게 예를
들 수 있다.

셋째로 시간·계절·시대적 배경이 있다. 인물의 행동
은 어떤 일정한 때에 벌어진다. 어촌의 아침, 명동의 오
후가 특별히 강조되는 작품이 있을 수 있다. 또는 꽃피
는 봄, 눈오는 겨울 등 계절이 지리적 배경과 더불어
강조될 수도 있다. 시에 특히 많이 등장하는 배경이다.
그러나 가장 중요한 것은 시대적 배경이다. 군웅할거
시대의 중국 소설 〈삼국지〉, 이씨조선이 끝장 볼 무렵
을 배경으로 하는 유주현의 〈대한제국(大韓帝國)〉 등
역사소설은 시대적 배경을 특히 강조하는 장르다. 무
릇, 문학작품을 감상할 때 배경의 파악이 필수적이지

만, 역사 문학·시대 문학의 경우 더욱 그렇다. 일제시
대, 6·25사변 등은 아직도 한국 현대 문학의 가장 강력
한 시대 배경이 되고 있다. 이상화의 〈빼앗긴 들에도
봄은 오는가?〉 같은 서정시에서도 시대적 배경은 강력
하게 부조(浮彫)되고 있다.

넷째로, 인물들을 둘러싸고 있는 사회 심리적·종교적
·도덕적 배경이 있다. 한국 초기의 현대 소설에서 크게
문제시하던 전통적인 유교 도덕의 배경과 그 배경에서
헤어나오려고 몸부림친 여러 인물들을 우리는 기억한
다. 근래의 서구의 자유 사상 내지 실존 사상(實存思
想)을 강력한 배경으로 의존하고자 하는 많은 젊은 작
가들의 작품들도 볼 수 있다. 또는, 현실주의적 출세가
행동 윤리가 되어 있는 사회 의식에 맞부딪치는, 또는
영합하는 인물을 제시하는 작품들도 있다.

문학의 배경을 다룸에 있어서, 다양하고 포괄적인 내
용의 작품일수록 위의 네 요소가 모두 다 한꺼번에 뚜
렷하게 부각되지만, 그 중의 어떤 것이 더 강하게 부각
되기도 하고 어떤 것은 덜 부각되기도 한다. 톨스토이
의 〈전쟁과 평화〉는 배경이 포괄적으로 제시되는 작품
으로 유명하다. '탐정소설'류에서는 위에서 말한 첫째의
요소―지리적·물리적 배경―가 주로 강하고 기타는 대
체로 무시된다. 한 지방의 지리와 생활상의 배경을 플
롯이나 성격보다도 강조한 작품을 가리켜 '지방색 문학

(local color writing)' 또는 '지방주의(localism, re-gionalism)'라고 부른다. 경상도 어느 농촌에서 생긴 이야기를 할 때, 그 지방의 풍물·풍속 및 방언을 대량으로 묘사·삽입하는 지방주의 문학은 우리나라에서도 한창 유행했다. 정신적 배경이 강조되면 소위 사상 문학—사상 소설·사상 희곡 또는 문제극—이 된다.

근대 소설문학에서는 성격 못지않게 배경을 중요시하기도 한다. 미개한 형태의 문학일수록 성격적 요소도 개발되지 않지만 더구나 배경적 요소는 기껏해야 행동이 이루어지기 위해 순전히 장소만을 제공하는 구실밖에 못한다. 옛날 이야기에 나오는 험한 산은 용감한 왕자님이 도둑과 싸우기 위한 마당일 뿐이다. 그러나 근대 소설과 희곡에서 배경은 인물의 성격과 행동을 결정하는 어마어마한 존재로 군림하든가 또는 인물의 성격을 암시·반영하는 상징적 존재가 되기도 한다. 멜빌의 〈흰 고래〉에서 사나운 바다는 주인공 에이합 선장의 광폭한 성격과 행동뿐 아니라 그의 광폭한 운명을 강하게 암시한다. 에이합과 같은 인물의 행동의 마당으로 적절하다는 느낌이 든다. 하디의 〈귀향〉의 지리적 배경—웨섹스의 황량한 벌판—은 그 속에서 꼼지락거리는 사람들을 개미 새끼들 모양 멸시하듯 끝없이 잔인하게 전개되고 있다. 우리는 셰익스피어의 〈멕베드〉에서 마녀가 횡행하는 스코틀랜드의 황야를 잊을 수 없다. 이 황량

한 분위기가 결국은 멕베드를 파멸로 휘몰아 가는 듯한
느낌이다. 대체로 배경 설정에 작품의 많은 부분을 할
애하는 것은 근대 문학의 특징이다. 김동인의 〈광화사
(狂畵師)〉는 옛날 신라의 한 화가의 이야기이지만 김동
인은 허두에서 정말 동양화가가 된 듯 길게 배경을 묘
사한다. 소재와 배경을 서로 맞추려는 의도인 것이다.
이와 같은 방식의 배경 설정과 〈춘향전〉의 작가가 의식
적으로 설정한 배경을 비교하면 고대 설화적 소설과 근
대 소설의 차이를 직감할 수 있다.

　그런데 이처럼 문학이 이용하고 있는 배경의 의미가
점점 확대되노라면, 어느 지점에 이르러서는 문학 내부
적 문제가 아니라, 역사학·심리학·철학 등의 문제가 되
기 시작한다. 이것은 문학의 본질적 영역을 벗어난 의
미의 확대 영역이고, 따라서 문학 자체의 해부와는 별
개의 작업이 될 것이다. 이에 관해서는 제6장에서 취급
하기로 한다.

　서사문학(敍事文學)의 3대 요소라 하는 플롯·성격·
배경이 모두 굵직굵직하게 부각된 작품을 대하소설(大
河小說) 또는 연대기(年代記, chronicle)라 한다. 요즈
음, 우리나라 일부에서 소위 대하소설이라는 것들이 유
행하지만, 단순히 역사적 사건을 길게 취급한 작품이라
고 해서 대하소설이 되는 것은 아니다. 확실히 〈광복 2
0년〉은 대하소설은 아니다. 오히려 '야사(野史)'의 일종

이다. 왜냐하면 플롯의 긴밀성, 성격의 구현, 배경의 설정이 그 굉장한 길이에 맞먹지 못하기 때문이다. 톨스토이의 〈전쟁과 평화〉와 비교해 보면 쉽게 이해가 될 것이다.

제4장 문학의 전통 : 장르와 관습

모든 예술이나 학문은 그 자체의 전통이 있듯이 문학도 자체의 전통을 갖고 있다. 전통이라는 것은 오랜 역사적 경험을 통하여 형성된 방향으로서 새로운 경험에 의하여 간혹 수정이 될 수도 있지만, 그보다는 새로운 것이 생길 때 그것을 통제하고 조성하는 역할을 하는 데에 의미가 깊다. 죽은 전통은 그런 통제력 및 조성력이 없어진 것이다.

문학적 전통 가운데서 가장 근본적으로 문제가 되는 것은 장르라는 것이다. 우리말로 한다면 종류다. 한 편의 시나 소설·희곡이 어떤 부류에 속하는가를 알아보는 것은 한 작가가 어떤 주어진 방식을 따르는지, 혹은 반발·수정하는지를 알아보기 위해 필요한 작업이다.

한 편의 시를 시로서 알아볼 수 있는 것은 시라는 장르의 규범(規範)을 작가가 따르고 있는 까닭이고, 또 독자인 우리가 그 규범을 알고 작가가 그렇게 써주기를 기대하고 있었기 때문이다. 한 작품이 시·소설·희곡이라는 역사적 장르 중 어디에 속하느냐 하는 문제는 그리 어려운 것은 아니다. 그러나 종류를 구별할 때 무슨 근거에서 하느냐(시 중에서도 무슨 종류의 시에 속하느냐) 하는 등의 문제는 상당히 까다롭다.

1. 시(詩)

우선 시와 산문을 구별하기 위하여, '시(poetry)'라는 낱말의 뜻을 생각해 보자. 시라면 우선 머리에 떠오르는 것이 운문(韻文, verse)이다. 우리말에서는 일정한 수의 음절이 모여 단원을 이루어 반복되는 현상이 운문이다. 시는 확실히 운문이든지 적어도 어떤 리듬이 있는 글이다.

그러나 '운문으로 되어 있으면 모두 시인가?'라는 질문을 할 수가 있다. 이 이는 사(2×2=4), 이 삼은 육(2×3=6), 이사 팔(2×4=8), 이 오 십(2×5=10)의 구구법도 분명히 운문이고 그 리듬의 즐거움 때문에 우리는 구구법을 욀 수 있었다.

그러나 그 흥겨운(?) 리듬의 운문에도 불구하고 그것이 시인가? 물론, 아니다. 시조의 초·중·종의 45자를 다 맞추어 넣었다고 해서 좋은 시가 되는 것은 아니다. 그러니까 시는 운문—리듬 글—이되 모든 운문이 시는 아니라는 결론은 자연스럽다.

둘째로, 우리가 '시적인 인생', '시와 낭만이 넘치는 청춘', '시적인 피아노 음악', '시적 내용이 담긴 소설' 등등의 말을 사용할 때 그 '시'는 어떤 종류의 것인가? 확

실히 그것은 인쇄되어진 구체적인 한편 두편의 시를 뜻
하지 않는다. 그것은 또한 시인만의, 나아가서는 문인
들만의 전유물도 아니고 다른 예술가들도, 보통 사람도
어떤 경우에는 향유할 수 있는 어떤 특수한 기분·효과·
감동·정서·관념을 뜻한다. 즉, 하나의 독특한 성질이
다. 그런데 이 특수한 '성질'은 리듬을 가진 글이라는 의
미의 시의 근본 성질과 무관하지는 않다.

'시와 낭만이 넘치는 청춘'과 같은 흔한 구절에 쓰인
그 시라는 말의 뜻은 김소월이나 바이런 등등의 시 작
품에서 느낄 수 있는 그 어떤 면과 닮은 데가 있다. 이
렇게 '시'라는 말은 인쇄된 시가 외형적인 운율(韻律)이
나 기교 이외에 본질적으로 가진 어떤 '성질'을 뜻한다.

이제 산문(prose)이라는 것을 생각하자. 산문은 시
와 대조되는 개념이다. 그러나 위에서 시의 의미를 둘
로 나누어 생각했는데 그 중 어느 것에 대조되는가? 물
론 첫째 의미다. 즉, 산문은 운문(이라는 의미의 시)과
대조된다. 운문이 아니면 우선은 다 산문이라고 볼 수
있다. '시적인 산문'이라는 말이 성립되는 것은 무슨 까
닭인가? 이것은, 즉 산문이 운문이라는 특징을 제외한
의미의 위의 둘째 시와 비슷한 특질을 가질 수 있음을
뜻한다. 이렇게 따져 보면 결국 시는 운문에도 산문에
도 있을 수 있는 속성을 이르는 말이 된다. 따라서 산
문의 반대되는 개념은 운문이지 시는 아니다.

그렇다면 시의 반대는 무엇일까? 즉, 시가 아닌 것이 무엇일까? 시적 특질을 안 가진 문장이다. 이 말은 결국 문학적으로 사용되지 않는 글, 다시 말하면 정보를 제공하거나 지시를 하기 위한 과학적·설명적·명령적 문장이 곧 시의 반대되는 개념이라는 뜻이다. 그것을 한 마디로 무엇이라 부를지 우리에게 적절한 낱말이 없다. 이제 우리는 시적인 산문이라든지 산문시(散文詩)라든지 하는 말들의 의미를 알 수 있다. 이들은 모두 주로 일정한 리듬의 패턴 또는 불규칙하더라도 강한 리듬의 요소를 제외한 나머지의 시의 특질들을 가진 산문들이다. 시에서 자주 쓰이는 어휘·심상·비유·상징·개성적 문체 그리고 허구적(虛構的) 요소들이 그런 종류의 산문에 사용된다. 특히 산문시는 정규적 시에서 강조하는 운율적 효과를 도외시하고 산문의 보다 자연스러운 리듬을 따르고 반면 시의 기타의 모든 특질을 다 가지고 있는 형태의 시이다.

그런데 문제는 그렇게 간단한 것은 아니다. 산문시가 산문의 자연적 리듬을 따르는 동시에 또한 일반적 산문의 성격을 아니 띨 수 없는 것이다. 즉, 운문시에 비하여 문장의 구조가 산문의 그것을 닮게 되고 어휘 선택 역시 산문의 그것을 닮지 않을 수 없다. 따라서 운문시보다 산문적 설명과 방만성(放漫性)이 크다. 지나친 압축과 생략을 할 수가 없다.

산문시로서 운문시를 능가할 위대한 작품은 아직 안 쓰여지고 있다.(자유시와 산문시를 혼동하지 말 것이다. 제2장에서 설명했다) 그것을 보아도 이른바 '시'는 운문 지향적임을 알 수 있다. 그러니까 시와 운문을 동일시하게 되는 것도 이해할 수 있고 시의 반대를 산문이라고 보는 통념도 근거가 있는 것이다.

이상에서 설명한 시와 산문의 관계를 생각하면서 시는 다분히 운문 형식을 지향하여 말의 조직에 있어 리듬을 고려한 글이라고 보기로 하자. 리듬은 그러니까 한 장르로서의 시의 본질의 하나다. 사람에게서 맥박이 뛰면 우선은 살아 있다는 증거가 되는 것처럼 리듬이 있으면 우선은 살아 있는 시로 볼 수 있다. 이것은 시의 리듬을 강조하기 위한 괜한 비유가 아니다. 시는 그 기원으로 보더라도 본래 우주 자연의 질서 있는 변화(즉 리듬)에 대한 인간의 반응에서 생겨났다고 믿어진다.

우주 자연의 질서 있는 변화 중에서도 가장 직접적으로 쉽게 의식되는 것은 사람 자신의 맥박과 호흡이다. 맥박은 한 리듬 단위에 해당되겠고 호흡은 한 행(문장)에 해당되리라.

생리현상이 언어의 리듬의 근원이 된다고 하는 생각은 무리가 아니다. 흥분했을 때 생리의 리듬이 강해지는 것과 마찬가지로 '흥분한 말(여기에 시가 속한다)'은 리듬이 강해지는 것이다.

아주 오래전 개인의 생활은 없고 단지 집단의 생활만
이 있을 때, 한 집단의 흥분 또는 감흥은 초자연적 세
력에 대한 숭배감과, 전쟁이나 노동축제 같은 집단적
행위에서 생겨날 수 있었다. 근래의 연구자들은 그 점
을 고려하여 시는 종교적 제사·축제·노동·전쟁 등에 집
단적으로 참여할 때 자연히 생겨난 운율적 감탄과 발성
·절규에서 발생했다고 보는 것이다. 따라서 이런 성질
의 말은 집단을 대표하는 만큼 초개인적이고 물론 초집
단적일 수 있다.

제사에서 쓰인 말은, 특히 거룩한 신을 직접 상대하
는 말은 거룩한 능력이 있는 것으로 믿어졌다. 집단 의
식을 대표하는 말은 그 집단의 능력을 불러일으키는 힘
이 있다고 믿어졌다.(현재에도 한 집단의 구호나 응원
가는 그 집단의 단결과 투지를 불러일으키는 실질적인
힘이 있는 것으로 믿고 있다)

이리하여 인류의 최초 형태의 시는 능력이 있는, 신
기한 초자연적인 것으로 믿어진 리드미컬한 말이었다.
즉, 일종의 주문이었다. 로마 사람들이 원시시대의 시
를 카르미나(carmina=charm)라 했는데 이것은 곧
주문을 말한다. 우리나라에서도 기록상 최초의 시 작품
의 하나인 〈귀지가(龜旨歌)〉도 ≪삼국유사≫에서 밝힌
대로 보면 한 집단이 초자연적인 사건을 초래하기 위해
합창한 일종의 주문이었다. 그후에 그처럼 마술적 능력

을 가진 말을 지어내는 일이 집단에서 차차 특출한 인물(집단의 지도자 또는 제사의 책임자)의 일로, 표현하는 생각과 감정도 집단적인 것에서 차차 개인적인 것으로 옮겨져 왔지만, 현대시에도 운율적 요소는 물론 살아 있고, 또한 어딘가 평범한 말과는 다른 무슨 특출한 능력이 있는 면모가 잠재해 있다. 시의 주문적 성질은 아직도 남아 있는 것이다. 어떤 시의 유파에서는 그 성질을 특히 강조하여 시의 원시적 능력을 재현코자 하기도 한다.

시는 평범한 말이 아니고 어떤 특별한 경우에 사용되던 말이었다. 비상한 경우, 즉 신을 상대할 때, 큰일을 당할 때, 어떤 집단적 희망을 말할 때(기도) 사용되었던 것이다. 평범한 현실이 아니니까 그것은 비상한 이상·상상이다. 즉, 시는 단순한 현실을 넘어선 상상의 세계와 관계 있는 것이다. 시와 상상, 이 둘은 떨어질 수 없는 관계에 있다. 시를 상상적 언어라고 하는 소이도 여기 있다. 현대에는 상상을 허망한 공상, 백일몽 등으로 정신병적인 해석을 가하기도 하지만 한편 상상은 평범과 습관의 타성을 초월하는 새로운 발견과 창조의 능력으로 인정하기도 한다. 확실히 발명·발견·창조는 상상(비전도 그것의 일종이다)이 없이는 불가능하다. 상상이라는 것은 쉽게 말해서 전혀 관계가 없어 보이는 사물들 사이에 의미 있는 관계가 있음을 파악하는 능력이다.

근대에는 인류의 창조는 주로 물질적 발명·발견의 형태로 나타나고 또 그래야만 사람들의 인기를 끌지만 고대에는 우주간 만물에서 새로운 의미를 발견하는 말을 최고의 창조로 보았던 것이다.

말이란 것은 사물에다가 사람이 붙인 '이름'(아담이 만물을 이름짓는 듯)이라고 할 수 있는데 새로운 사물에다 적절한 '이름'을 붙이는 것은 하나의 창조이며, 그 창조된 말에 의해서 그 사물을 통제할 수 있다고 원시인은 믿었다.(마치 개에게다 이름을 붙여 그 이름을 부르면 개가 복종하는 것처럼)

이것은 다시 말하자면 사람이 우주만상을 잘 이해하고 더불어 같이 조화 있게 사는 길을 찾는다는 말이다. 상상적 언어로서의 시는 새로 발견한 사실에다 가장 적절한 의미를 부여하여 그 새 사실이 사람의 말에 의하여 이해되고 또 어떤 의미에서는 통제되게 하는 말이라 할 수 있다.

바닷가 깃대에 높이 달려 펄럭이는 깃발은 단지 평범한 사물에 불과하지 않고 무엇을 희구하고 열망하는 사람의 마음가 같다는 사실을 발견하고 거기에 이름을 붙여 '소리 없는 아우성'이라 했다. 상상적 언어는 전혀 없던 새 낱말을 만들어 낼 경우도 있으나 드문 일이고, 그런 경우 그것은 대체로 알아들을 수 없으나 리듬의 효과가 강한 '수리 수리 마수리' 같은 주문이 될 수도 있다. 그러나 대부분의 경우는 위의 '소리 없는 아우성'처럼 비유적이고 상징적이다. 언어는 비유와 상징에서 시작되었다는 것은 누구나 인정하는 바이고 사람의 근본적 정신구조가 상징화의 가정을 통하지 않으면 외계의 사물을 파악할 수 없다는 생각이 요즈음 강력히 주장되고 있다. 이런 의미에서 상징적 언어로서의 시는 인간 본성의 직접적 산물이다. 시의 정의, 내부적 구조(비유·리듬·상징 등)에 관해서는 이미 앞에서 이야기하였으므로 다시 한 번 상고하기 바란다. 시의 효용에 관해서는 뒤에서 상론할 것이다.

2. 시(詩)의 여러 장르

인류 최초의 시는 짧은 주문 같은 것이었고 그것이 개인적인 것으로 변했을 때 서정시가 되었다. 중국의 ≪주역(周易)≫ ≪서경(書經)≫ 등에는 주문의 역할을 한 듯한 시구들이 실려 있다. 서정시는 개인의 정서와 상상이 인상적인 리듬과 더불어 표현된 짧은 시다. 그것이 주는 인상 또는 감명이 단일하고 통일적이라는 것도 한 특징이다.

본래 서양 말의 리릭(lyric)이란 말은 리라, 즉 7현금이라는 악기 이름에서 온 것으로 리라 연주에 맞추어

부르던 개인의 노래란 뜻이 있느니만큼 음악적이고 감
정적이고 개인적인 시를 뜻한다. 자연 또는 신을 찬양
하는 시, 죽음·이별·실패 등 슬픈 경험을 다룬 시, 여인
과 사랑을 찬양하는 시 등이 흔한 서양 시였다.

시대에 따라 서정시의 의미가 많이 달라지기는 했지
만 짧고 개인적이고 특히 운율적이란 특징은 대체로 살
아 남아 있는 듯하다. 19세기 이후 특히 20세기에 서
정시는 시의 본경(本境)을 이루고 있다. 현재 한국의
각종 문예지에 발표되는 짧은 시는 모두 서정시라고 해
도 좋을 정도이다.

현대 서정시의 특징은 독자가 금세 파악할 수 없는
시인 개인의 독특한 리듬, 쉽게 공감할 수 있는 일반적
정서보다는 개인적 사색을 형상화하는 극히 비유적인
언어 등이라 할 수 있다. 다른 적당한 이름이 없어 서
정시라는 옛 이름을 그대로 붙이는지도 모르겠다.

문학을 문자화하기 이전 서양에서는 오랫동안 입에서
입으로 민족의 신화(神話)와 전설이 전수(傳授)되었었
다. 이런 시대가 얼마쯤 지난 다음 말에 특별한 재간이
있는 사람들에 의하여 특히 중요한 신화나 전설은 효과
적 운율을 가진 일정한 언어로 고정되었다가 훨씬 후에
문자화되었다. 호메로스의 〈일리아드〉〈오디세이〉는 선
사시대부터 이야기되어 오던 것이 기원전 12세기 호메
로스라는 반전설적(半傳說的) 인물에 의하여 운율적 언

어로 고정되고, 그것이 문자화된 것은 그후의 일이라고
한다. 이것이 이른바 서양 서사시의 기원이다.

 서사시의 가장 중요한 요소는 그 '이야기(epos)'인
것이다. 물론 그 운율과 표현의 기교도 대단히 중요하
다. '하찮은 이야기'라는 의미의 소설이 아니라 웅장하
고 거창한 이야기를 쓰려던 옛 문인들은 호메로스의 흉
내를 내어 '서사시'를 썼다.

 로마의 베르길리우스가 그 대표적이고, 영국의 밀턴
(Milton)은 호메로스보다도 베르길리우스를 모델로 하
여 〈실락원(失樂園)〉을 썼다. 워즈워드 역시 서사시의
기법을 얼마간 이용하며 시적 자서전(自敍傳)인 〈Prel-
ude〉를 썼다. 물론 설화(說話)를 그냥 재미있는 이야
깃거리로 운율과 시적 표현 방법을 가지고 쓰는 전통,
소위 이야기 시(narrative poem, ballad를 포함하여)
는 계속되었으나(우리나라에서도 김동환이 〈국경의 밤〉
으로 실험을 했다) 아무래도 이야기는 소설의 본령으로
인정되어 서사시 및 이야기 시는 근대의 산문 소설에
의해 대치되었다고 볼 수 있다. 더욱이 산문 소설이 상
당한 정도까지 시적 표현법을 원용할 수 있는 산문적
기교를 발전시킨 까닭으로 서사시의 시적 요건도 충족
되는 셈이다.

 서정시, 즉 개인적 장르와 서사시, 즉 집단적 장르는
구별의 기준이 용이하게 설정될 수 있고 또 발상으로

보더라도 가장 오래된 2대 장르로서 군림한다. 그러나 기타의 파생(派生) 장르들은 어떤 기준에서 구분할 것인가는 늘 문제가 된다. 운율 형식을 구분의 기준으로 한다면 우리나라 시는 시조·가사·민요조·7·5조·자유시 등으로 구분될 것이다. 서양서는 소네트(14행시)·터자리마(12행시)·쿼트레인(4행시)·카플릿(2행 연시)·블랭크버스(무운 5보시)·론도·세스티나 등, 중국에는 오언시(五言詩)·칠언시·부(賦) 등 다양하다.

운율 형식을 가지고 시를 구분하는 방법은 동서양 공통적으로 가장 오랜 역사를 갖고 있고 또 가장 객관적이며 따라서 수월하나 그 이상의 것을 이야기해 주지 않는다.

'태산이 높다 하되' 양사언 시조와, '짚방석 내지 마라 낙엽엔들 못 앉으랴' 한호의 시조는 다같이 평시조(平時調)이니까 외형상으로는 같은 장르에 속하나, 내용적으로는 하나는 교훈이 목적이고 다른 하나는 전원(田園) 취미의 표현이다. 즉 하나는 교훈시요, 다른 하나는 전원시로서 양사언의 것은 '이보오 저 늙은이 짐 벗어 나를 주오' 하는 정철의 경민가(警民歌)와 한 장르이고, 뿐만 아니라 시집갈 딸에게 어머니가 일러주는 숱한 '내방가사(內房歌辭)'들과도 교훈시인 점에 있어서 한 장르에 속한다. 한호의 것은 '대추볼 붉은 곳에 밤은 어이 듣드르며'의 황희의 시조와는 물론 정극인의 가사 〈상춘

별곡(常春別曲)〉과도 같은 부류다. 가사를 제외한 '전원 시조 장르', '교훈 시조 장르'도 설정할 수 있다. 내용과 형식을 함께 고려한 소치다.

애국시 장르에는 '가노라 삼각산아'(김상헌)와 〈태평 사(太平詞)〉(박인로)가 들어갈 수 있으리라.

기녀시조(妓女時調) 장르라는 것을 설정했다면 그것 은 작자의 신분과 형식을 구분 원칙으로 삼은 결과다. 황진이, 송이(松伊) 등의 작품이 들어갈 것이다. 향가· 고려가요·이조가요 등의 구별은 시대를 구분 원칙으로 하는 장르들이다.

이처럼 구분 원칙을 임의로 정함에 따라 시의 장르는 무한정으로 설정할 수가 있다. 풍자시·서경시·자연시· 불교시(佛敎詩)·옛시조·사설시조(辭說時調)·연시조(聯 時調)·민요·창가·국민가요·유행가·연애시·전쟁시·해양 시·만가(elegy)·임 그리워하는 시·회고시·이별시·아동 시·동요·상징주의 시·순수시 등 헤아릴 수 없다. 이들 임의적인 장르들을 설정하기 위한, 따라서 문학이론에 의한 설명은 할 필요가 없다. 그러나 장르의 구별은 사 람이 타고난 사고의 과정이 요구하는 바이므로 피할 수 는 없는 것이다.

위에 열거한 장르들 말고도 생각나는 것이 있으면 더 말해 보고, 이들 여러 장르들의 구별 원칙이 무엇인지 추출하여 어떻게 우리의 이해를 돕는가를 생각해 보라.

3. 희곡(戱曲)

희곡(drama)은 우선 연극(play, theatre)이라는 별개의 예술을 위한 대사에 불과한 것으로 볼 수 있다. 우리가 사용하는 희곡이라는 말은 '놀이'(유희란 뜻을 갖고 있는 곡조 노래, 즉 놀이의 일종이다), 영어의 play란 말과 동일하며 서양 말의 drama는 본래 '행동'이란 뜻을 가진 말이었으니 역시 움직이며 '노는 것'과 관계가 있었고, 또 theatre란 말은 본다는 뜻으로부터 '광경(spectacle)'이란 뜻이었다. 즉, '노는 것을 본다'는 것이다. 어떤 내용을 행위와 말을 통하여 어떤 특별히 배설(配設)한 장소에서 정해진 규범에 따라 많은 사람이 보고 참여하는 가운데 실연하는 것이 연극이다. 즉, 일상적인 실제 생활과는 별개의 특수한 의도적 행위이다.

이처럼 집단적 참여와 의도적·규범적 행위나 발언을 통하여 어떤 내용을 실연하는 예는 종교적 제식(祭式)에서 쉽게 찾아볼 수 있다. 우리들 가정에서 행하는 조상께 드리는 제사도 일종의 연극인 것이다. 무당의 굿도 연극이다. 국경일의 경축행사도 그냥 자발적·자위적으로 평범한 생활을 하듯 하는 것이 아니고 격식을 갖춘 행위와 말과 장소가 미리 정해진 것이니까 일종의 연극이다. 단지 탈은 현금에 이르러 실생활이 아닌, 따

라서 실제가 아닌, 따라서 형식만으로 꾸미고 내용이
없는, 따라서 남을 속이는, 따라서 거짓부렁이가, 즉 연
극이라는 생각 때문에 그 연극이란 말의 어감이 나빠졌
다는 것이다.

아무튼 연극은 종교적 제식에서 시작된 것만은 틀림
없는 사실이다. 이런 연극적 제사에서 발언된 말이 또
한 시의 근원이 되었음을 전장(前章)에서 설명하였다.

연극은 이렇게 의식적으로 '흉내를 내는 행위'라는 본
원적 의미 때문에 문학을 인간 행위의 모방이라고 한
정의에 가장 쉽게 걸맞는 문학 장르가 바로 연극인 것
이다. 그 정의를 처음 발설한 아리스토텔레스는 주로
희곡 장르를 염두에 두고 있었던 것도 사실이다. 종교
적 제식에서는 신 또는 조상의 업적, 능력을 기리고 한
집단의 번영을 기원하는 것이 보통인 바, 신과 조상의
업적이란, 다시 말하면 일종의 전설적·신화적 역사인
것이다. 제식에는 물론 현재의 백성들의 행적과 그에
대한 참회 및 반성도 들어갈 수 있는 바, 이것은 즉 현
실 생활의 비전이다. 제식은 신화적 역사와 현재의 비
판의 '이야기'가 행동과 말에 의하여 상연되는 것이다.
이러한 제식에서 점차로 역사 또는 현재에 대한 이야기
의 요소가 커지고 종교적 요소는 줄어들든가 배후로 숨
어 버리면 '이야기 놀이'가 되게 마련이다. 지금 우리에
게 남겨진 옛 연극들은 사실 이렇게 '이야기 놀이'로 전

환된 상태다. 제식적 요소의 흔적이 간혹 남아 있는 것
도 있다. 〈배뱅이굿〉은 확실히 굿의 형태를 뚜렷이 갖
고 있는 판소리 연극이다.

역사 또는 현재 사실에 대한 이야기가 흉내낸 말과
행동으로 상연되기 위해서는 여러 특수한 방법이 필요
하다.

물론, 대사가 필요하고 훈련된 배우가 필요하고 분장
술·무대장치 기술, 기타 발성법·동작법·무용·음악 등
소위 무대예술의 여러 분야가 필요하다. 그러나 여기서
우리는 무대예술로서의 연극에 대하여 논의하기로 되어
있지 않다. 우리는 문학의 한 장르로서의 희곡에 관심
이 있는 것이다.

연극을 염두에 둔 까닭에 희곡은 형식상 장면 및 동
작을 지시 설명하는 무대 지시문(stage direction)과
인물들의 대화의 두 부분으로 나뉜다.

예전으로 올라갈수록 무대 지시문은 거의 생략되든가
아주 간략하게 주어지지만 요즈음에는 작가가 하고 싶
은 말을 다 적어 놓기도 하여 그 자체가 읽을 만한 글
이 되기도 한다. 우리의 판소리 대본에는 무대 지시문
이 전혀 없다. 전통적 관례에 따르는 것이다. 대화는 이
야기를 관객에게 전달하고 인물들의 생각과 성격과 또
인물들간의 관계를 드러내는 역할을 한다. 대화에는 두
사람 이상의 인물이 필요하지만 한 인물의 속생각을 알

릴 필요가 있을 때에는 소위 독백이라는 방법도 이용하고 방백(傍白)도 이용한다. 이야기 전달 수단으로서의 희곡의 제약을 감안하여 작가와 관객의 묵계하에 이용하는 관습들이다.

희곡에는 장(場, scene)과 막(act)이라는 것이 있다. 이것 역시 이야기 전달 수단으로서의 희곡의 제약에서 생긴 관습이다. 희곡에서 취급하는 역사적·현실적 이야기가 한 달, 1년 또는 10년에 걸쳐 발생한 사건에 관한 이야기인 경우 그것이 기껏 두세 시간 동안의 연극적 동작을 통해 전달되려면 특별히 필요한 부분들만 모아서 제시할 필요가 있다. 이러한 단락을 짓기 위해서 장과 막이 생긴 것이다. 이 관습을 이용하면 제2막에서는 1막의 끝으로부터 10일이라는 기간을 펄쩍 건너뛴 다음의 이야기가 전개될 수도 있고 겸하여 1막에서는 사건이 서울서 벌어지다가 2막에서는 부산에서 벌어질 수도 있다. 그간의 사실은 무대 지시문과 또 인물들의 우연한 듯한 대화에서 밝혀진다.

그런데 장과 막이라는 관습이 편리하긴 하지만 10년 동안에 일어난 사건을 그런 식으로 간단히 처리해 버릴 때 관객에게 무리한 요구를 하는 것은 아닌가? 자연스러운 대화 속에 부자연스런 설명 부분을 넣게 되지는 않는가, 하는 우려가 생길 수도 있다. 그래서 서양서도 특히 르네상스기의 이탈리아와 프랑스에서 이른바 삼일

치(three unities)라는 희곡 제작상의 원칙을 정하여
강요하기도 했다. 삼일치란 행동·시간·장소의 일치를
말한다. 행동, 즉 이야기는 일정한 인물들에 관한 한 가
지 이야기일 것, 사건이 일어나는 시간은 실제 상연시
간과 되도록이면 길이가 같도록 하되 부득이한 경우 1
2시간 또는 24시간에 생기는 일로 한정시킬 것, 장소
는 되도록 무대의 면적과 같은 장소로 하되 부득이한
경우, 한 마을 또는 한 도시로 국한할 것을 규정했던
것이다. 이 법칙을 그대로 준수한다면 희곡이 할 수 있
는 이야기는 한정될 것이다. 24시간 안에 한 도시 안에
서, 한 인물에게 생기는 일이란 별로 생각해 내기가 쉽
지 않을 것이다.

셰익스피어는 그런 법칙을 전혀 알지 못했기 때문에
그런 희곡을 쓰지 않았으나 코르네유 같은 작가는 법칙
을 따르느라고 무척 고심했다는 고백을 하고 있다.

그러나 희곡은 작가가 하고 싶은 이야기를 마음껏 장
황하게 늘어놓기에는 분명히 형식적 제약이 크다. 1천
페이지 되는 소설은 있을 수 있으나 1천 페이지 되는
희곡은 있을 수 없다. 따라서 희곡은 긴 사건에서 결정
적인 순간들과 계기들을 중심으로 하여 동작과 이야기
가 집약되지 않을 수 없는 것이다. 결정적인 순간과 계
기, 의미 깊은 급격한 행동, 뚜렷한 대조, 기대하지 못
한 전개, 결단성 있는 선택 등등을 우리는 '극적'이라고

하거니와 희곡은 바로 그런 극적 상황을 중심으로 하게 마련이다. 극적 상황에는 반드시 어떤 갈등·충돌이 생긴다. 이 점은 이미 앞에서 설명한 바이다.

무슨 이야기이든지 막연하게나마 어떤 선택을 요구하는 상황이 포함되게 마련이지만—예컨대, 무서운 적수를 만난 용사가 도망할 것인가, 싸울 것인가 하는 갈등의 상황은 옛날 이야기에도 잘 나온다—희곡은 특별히 강한 충돌과 갈등을 중심으로 하여서 전개된다. 희곡의 각 장과 막은 단순히 설명적인 역할도 할 수 있지만, 그보다는 중심적인 갈등에 보조적 또는 준비적 역할을 하는 작은 갈등들로 구성되는 것이 보통이다. 많은 수의 희곡은 중심적 갈등을 전후로 하여 사건의 발단(introduction), 상승하는 행위(rising action), 정점(climax), 하강하는 행위(falling action) 및 종국적 판명(dénouement)의 삼각형의 구조를 따르고 있다.

처음 시작, 즉 사건의 발단은 전체의 분위기를 조성하고 배경과 인물과 사건, 기타 전체의 이해를 위해 필요한 이야기와 요소가 제시되고 소개된다. 그래서 이 부분을 '설명적 제시(exposition)'라고도 한다. 사건은 그 발생 시초로부터 다 이야기할 수 없으므로 '중간에 뛰어들기 식'을 따라 가장 문제가 될 만한 부분에서 시작되어 사건이 얽히고 설키어 관객의 서스펜스가 고조된다. 이 부분을 얽힘(complication)이라고도 부른다.

드디어 사건의 얽힘이 최고조에 달하여 어떤 결정적 순간에 도달한다. 이것이 정점(climax)이고, 사건의 방향이 여기서부터 급전한다는 의미에서 '전환점(turning point)'이라고도 한다.

〈햄릿〉의 경우, 왕자 햄릿이 숙부인 클로디어스 왕이 부왕(父王)의 살해범임을 완전히 확인하기까지의 얽히고 설키는 과정이 상승하는 행위에 속하고, 햄릿이 그것을 확인하고서 숙부를 죽이려다가 숙부가 마침 기도를 하고 있어서 죽이지 못하는 순간이 전환점이 되는 것이다. 이후로 햄릿은 수세에 몰리고 드디어 비극적 죽음에 이르는데 이 과정이 곧 하강하는 행위인 것이다. 비극적 주인공에게는 그의 불운에 가세하는 여러 가지 충돌과 우발적 사태가 벌어지고 희극의 주인공에게는 행운을 향한 사건들이 벌어진다.

마지막의 결판을 데누망(dénouement＝끝장) 또는 최종의 불행(catastrophe：비극의 경우)이라 한다. 얽혔던 갈등이 불행하게 또는 행복하게 그러나 어느 편이든 정서적으로나 논리적으로 타당하고 의미 깊은 해결에 도달하는 것이다.

위에서 설명한 희곡의 구조는 독일학자 프라이타크(Freytag)가 이론화한 것으로 주로 5막극에 해당되지만, 3막극, 또는 단막극에서도 그 비슷한 구조를 더듬어 볼 수 있고 더욱이 극적 소설에서도 그것을 감지할 수가 있다. 희곡의 구조 이외에 그 언어의 시적 성질과 인물의 성격과 플롯에 관해서는 이미 이야기하였다.

4. 비극(悲劇)

비극과 희극은 근원적 이대(二大) 장르이고 일부 학자들에 의하면 문학 일반의 이대 장르라는 것이다.

비극에 대해서는 아리스토텔레스가 《시학(詩學)》에서 설파한 것이 지금껏 논의의 출발점이요, 귀결점처럼 되어 있다.

비극은 우선 심각하고 완전한(처음·중간·끝이 있다는 의미. 제3장에서 설명하였음) 인간 행위의 모방이라고 했다. 인간 행동 또는 체험의 심각성이란 객관적 기준은 없지만 국가 같은 초개인적 집단의 안위 문제, 신 또는 매우 중요한 이념과 인간의 관계, 중요한 지위에 있는 사람의 생사 문제 등은 보편적으로 심각한 일로 인정되고 있다. 따라서 아리스토텔레스는 비극의 주인공을 높은 신분에 있는 사람, 적어도 평범한 인물보다는 어느 모로나 우위에 있는 인물이어야 한다고 말했다. 18세기 이전의 서양 비극을 보면 주인공은 거의 어느 경우에나 왕·귀족·기타 지도적 인물들이다. 이 인물들의 생사의 문제는 심각한 문제로 간주되었던 것이다. 그도 그럴 것이, 군주국가 또는 귀족주의·과두주의 정치 사회에서 군주·귀족 등 지도자의 생사 문제는 바로 그가 속한 국가·민족·사회의 안위와 직결되었었기 때문이다.

19세기 이후 비극은 심각한 일을 다룬다는 생각에는 변함이 없으나 자유 민주주의 및 사회 사상의 발달로 개인의 생사나 행·불행의 문제가 모두 개개인의 생사나 행·불행의 문제로 대표 또는 상징될 수 있다는 생각이 대두하여, 결국 개인 문제가 보편적 심각성을 가질 수 있다고 믿게 된 것이다. 근대극에서 군왕이나 사회적 지도자가 등장한다면 그에게 집단의 운명이 달려 있는 높은 사람으로서가 아니라 특수한 상황에 처한 역시 한 개인으로서 제시되는 것이다. 어쨌든 심각성은 비극의 요건이다.

다음으로 번민·상해·죽음 등의 고통의 요소도 비극에서 뺄 수 없다. '파괴적 또는 고통스러운 사건이 필요하다'고 아리스토텔레스는 말한다. 대개 죽음이 일어난다. 늙어서 평화스럽게 죽는 죽음은 물론 아니고 광폭한 죽음, 살해나 자살이 보통 있는 일이다.

고대 비극에는 극심한 육체적 고통도 많이 볼 수 있다. 오이디푸스가 제 손으로 눈을 찔러 장님이 되는 장면은 죽음보다도 더 무섭다. 대부분의 고대 비극에는 이렇게 비극적 고통은 육체적이다. 그러나 19세기 이후 현대극에서는 정신적·심리적 고통이 더 많이 제시되는 듯하다. 어떤 현대극에서는 자기의 입장을 괴로워할 줄 모르는 주인공을 보고 도리어 관객이 괴로워할 때도 있다.

그런데 주인공이 당하는 이 '고통'은 주인공에게 난데 없이 주어진 것이 아니어야 한다. 아무리 광폭한 죽음이라도 갑자기 벼락을 맞아 죽든가 재수없게 유탄에 맞아 다치든가 맹랑하게 교통사고를 당하는 경우는 불행한 일임에는 틀림없으나 비극적은 아니다. 비극은 우연에 의존치 않는다. 아리스토텔레스는 비극의 주인공이 완전히 선해도, 완전히 악해도 안 되고, 그릇된 판단 또는 성격적 결함이 얼마간 있어야 한다고 했다. 유명한 비극적 결함(hamartia)의 이론이다.

고통을 당하는 주인공들은 '아아 불행한 운명이여!' 하고 개탄하지만 관객이 판단할 때에는 그가 어떤 결정적 순간에 그릇된 판단을 했든가 또는 어딘가 성격상의 결함이 있어서 그러그러한 선택과 태도와 행동을 할 수밖에 없었다는 생각이 들게 마련이다. 어딘가 벗어난 데가 있다. 특히 개인 자신의 행위에 대한 책임을 개인이 져야 한다고 믿은 그리스 사회에서나 근대 기독교 사회에서 비극적 주인공이 자기 행위에 대해 궁극적으로 책임이 있다고 믿었던 것이다. 그러나 그런 성격을 갖게 된 것은 그의 자발적 선택의 결과는 아니니까 성격이 곧 운명이란 말도 있을 법하다.

현대에는 운명론(fatalism)이란 구식 낱말을 쓰지 않고 결정론(determinism)이란 말을 즐겨 쓴다. 현대

사회 사상의 가장 중요한 조류가 있다면 바로 이 결정론, 즉 현대적 운명론인 것이다. 개인은 자기 행위에 책임이 있지 않다. 개인의 행위는 전적으로 사회 환경에 의하여 결정된다. 현대의 많은 비극은 바로 이 사상의 표현이다. 〈세일즈맨의 죽음〉은 주인공에게 무슨 비극적 결함이 있는 것이 아니고 물질 위주의 자본주의 사회에 결함이 있어서 그 결과로 그의 불행이 초래된다는 것이다. 따라서 〈세일즈맨의 죽음〉은 개인이 스스로 책임질 만한 아무런 일을 자의대로 할 수 없게 하고 그를 불행한 길로 몰아가는(그의 행동을 결정지어 버리는) 경제 사회의 결함을 개탄케 한다. 물론 개인의 의지와 책임을 강조하는 현대극도 적지 않지만 확실히 사회 결정론에 입각한 비극은 현대극의 발명이다.

개탄할 만한 불행한 결말로 끝나는 심각한 이야기가 관객에게 미치는 효과에 대해서도 아리스토텔레스는 유명한 말을 했다. 이미 인용한 바 '비극은 관객에게 연민과 공포의 정서를 일으키되 그런 정서를 정화시켜 주는 일도 마저 한다', '그것은 안됐다' 하는 측은한 마음이 주인공에게로 향하나 동시에, '그것 참 무섭구나' 하는 두려운 마음이 그 불행한 사실에서 떨어지려고 한다. 즉, 두 모순되는 정서가 한꺼번에 최대한으로 관객의 마음속에 채워진다. 마치 체한 것처럼 속이 불편한데 좋은 비극은 비극 작품의 능숙한 전개·결말로 이 정서의 체증을 소화시켜 준다는 것이다.

극이 끝나고 나면 다시 속이 후련해진다. 이를 '정화작용(catharsis: 본래 설사제란 뜻, 의학용어)'이라 불렀다. 문학이론상 카타르시스만큼 유명한 말도 드물 정도다. 답답하고 속이 상하고 마음이 조여도 결말에 도달하면 아쉬움이 있으면서도 후련하게 기분이 좋게 느껴지는 것은 우리가 비극적 문학작품을 읽을 때 경험하는 일이다. 이 기이한 심리작용에 대한 해석은 구구하지만(특히 심리분석적 해석) 여기선 생략키로 한다.

현대극 중에는 이런 카타르시스의 효과를 거부하는 것도 있다. 단지 연민과 공포 또는 순전히 연민 아니면 공포, 막연한 불안감, 부조리적 세계에 대한 강한 허무감만을 불어넣고 마는 희곡도 많이 쓰어지고 있다. 이것은 예술적 쾌감을 허용하지 않는, 말하자면 각박한 부조리(不條理)의 세계관을 보이고자 하는 괴롭도록 심각한 희곡들로서 비극이라는 이름을 붙이기가 힘들다. '부조리극(absurd drama)'이란 명칭이 혹간 쓰어진다.

연민과 공포를 일으켰다가 카타르시스를 경험케 하기 위해서 비극작가는 여러 가지 작업을 한다. 우선 사용하는 말(글)의 문학적인 처리(표현·전달 등), 동작과 무대장치, 아리스토텔레스가 말하는바 도덕적 내지 정신적 결정을 내리고 어떤 상황에서 어떤 언행을 하는가를 보여 주는 주인공의 성격 등이 중요하다. 물론 최대

로 중요한 것은 이들을 다 적절히 엮어낸 플롯이다.(이
미 설명했다)

아리스토텔레스는 특별히 플롯 가운데서도 역전(逆
轉, peripeteia)과 발견(anagnorisis)의 부분을 특히
비극적 효과에 적합하다고 했다. 역전이란 주인공의 처
지가 갑자기 뒤바뀌는 것, 사태의 급변화를 뜻하고(클
라이막스를 전후해서 잘 생긴다), 발견이란 주인공(때
로는 관객)이 모르던 사실을 알게 되는 것을 말한다.
이런 부분들은 좋은 극적 문학(소설·희곡)에도 다 나온
다.('장관 자리에서 갑자기 떨어졌다'는 역전, '알고 보
니 그녀는 전 애인이 있었다'는 발견)

간혹 플롯도 알차지 못하고 인물 전개도 대강인 채,
무대 위에서 여러 인물들이 죽어넘어지든가 괴로워하게
함으로써, 관객으로 하여금 끔찍한 일을 목도하든가 눈
물을 줄줄 흘리게 만드는─진짜 비극이 되기엔 너무나
도 먼 그런 연극이 있다. 멜로 드라마라고 하는 것이다.
통속극이라 번역하면 좋다. 내용은 심각하게 다룰 수 있
으나 그런 배려를 하지 않고 단지 상식적이고 관습적인
처리를 할 뿐이다. 주로 단순한 오락물의 역할을 한다.

심각한 희곡이라고 해서 반드시 슬픈 결말을 내는 것
은 아니다. 현대에 이르러 실제 사회의 여러 심각한 문
제들을 희곡으로 제시하는 일이 생겼는데 이를 문제극
(problem drama(play))이라 한다. 입센의 〈인형의

집〉은 심각한 문제를 제시하는 것이지 노라가 집을 나
가게 되니 정신적 고통이 크겠다든지, 남편이 아내가
없어 괴롭겠다든지 하는 '불행한 결말'의 비극은 아닌
것이다. 한때 굉장히 유행했었다. 사회 참여를 주장하
는 사람들이 아직도 가장 즐기는 장르다. 사회 문제는
시대와 더불어 퇴색하는 것이므로 시대가 지나면 그 한
때의 심각성이 많이 사라진다.

5. 희극(喜劇)

애석하게도 아리스토텔레스가 저술했다는 ≪희극론≫
은 전하지 않는다. 비극을 논하는 자리에서 가끔 희극을
언급한 것이 남아 있을 뿐이다. 우선 소재에 대해서 그
는 '고통스럽다든가 파괴적이 아닌 결함 또는 추악함을'
취급하는 것이 희극이라고 했다. 즉, 비극의 '심각성'과
대조가 된다. 관객에게 괴로움을 주는 정도의 무슨 결함
을 다룬다면 그건 비극에 접근할 것이다. 추악함이 지나
치면 극도의 불쾌감을 일으킬 것이다. 즉 파괴적일 것이
고, 관객의 호의적 반응을 얻지 못할 것이다. 그러나 어
쨌든 희극은 어떤 결함, 어떤 추악함하고 관계가 있다.
희극의 주인공은 평상시의 사람보다 더 못난 사람으
로서 그려진다고 아리스토텔레스는 말했다. 대체로 희
극의 주인공들은 평상시의 사람들보다 어떤 결점 또는

추악성을 더 두드러지게 과장적으로 갖고 있다. 그래서 보통 사람보다 더 못나 보이는 모양이다.

비극과 마찬가지로 희극의 구조는 물론 성격·플롯·배경 등등의 치밀한 상호 연관에 의한 완전한 진행 및 결말을 갖는다.

아리스토텔레스는 이 이상 더 말하지 않고 있으나, 그의 비극론을 염두에 두고 실제 희극의 작품들을 분석하여 보면 우리 나름대로 희극론을 펼 수가 있다.

그리스의 비극은 고대의 민족적 제사에서 희생 제물을 바치던 의식에서 유래하였다고 하거니와 희극은 생산을 감사하고 즐기는 환락적 축제(디오니소스, 또는 바커스 신에 대한 제사)에서 생겼다고 한다. 확실히 희극은 '잔치 기분' 아니면 적어도 '장날 기분'이 어리어 있다.

희극은 '행복한 결말(happy ending)'로 끝난다. 희극의 말미에 죽음이나 고통이 아주 없지는 않지만, 그것은 관객이 편들고 있는 주인공 또는 기타 인물들이 속시원해 할 성질의 죽음과 고통인 것이다. 통칭 '나쁜 놈 벌받아서 싸다'는 감정을 일으키는 결말인 것이다.

만난을 극복하고 아버지가 딸을 만나게 되는 이야기, 남자가 애인과 결혼하게 되고, 선한 사람이 상을 받게 되는 반면, 그러한 행복을 방해·저해하던 인물들이 제거되든가 무력하게 되든가, 창피를 당하든가 또는 회개를 하든가 하여, 상받을 자는 마땅히 상을 받고 벌받을 자는 마땅히 벌을 받는 이야기가 많은 희극의 내용이 된다. 이렇게 속시원히 실현되는 정의를 '시적 정의(poetic justice)'라 한다. 희극의 이러한 성격으로 해서 많은 사람들이 희극의 교훈성, 이른바 권선징악(勸善懲惡)을 강조한다.

위에서 언급한 바와 같이 희극의 인물들은 수준 이하의 저급한 인물들로서 평범 이하의 행동을 취한다고 볼 수 있다. 분명히 많은 희극은, 영웅과 영웅적 행동을 제시하지 않는다. 국가 안위의 문제, 생사가 달려 있는 심각한 문제는 희극에서 직접 취급하지 않는다. 희극은 인간 행동의 우스꽝스러운 면들, 사회의 허망한 풍속·편견·허영·추악상을 수준 이하의 인물의 수준 이하의 저급한 행동을 통해 제시함으로써, 관객의 심각·엄숙한 반응을 자극하지 않고, 비웃고 야유하고 '못난 것들!' 하는 일종의 객관적 우월감(detached superiority)을 가지게 하는 것이다. 이렇게 '비웃는 면'이 강하면 희극은 소위 풍자극(諷刺劇, satire)이 될 가능성이 많다. 또는 인물들과 그 하는 행동이 아주 못나서 그저 우습기만 하면 소극(笑劇, farce)이 될 수 있다.

보통 수준 이하란 말을 위에서 자주 썼는데, 그렇다면 그 보통 수준이란 어떤 성질의 것인가? 희극은 확실히 어떤 수준·규범·당위(當爲)를 전제하고 거기에 미달하는 꼴을 보여 준다. 여기서 수준이란 말 대신 규범

(norm)이란 말을 사용해 보자. 하나의 규범은 한 사회의 관습적 행동양식('후배는 선배에게 깍듯이 존대를 해야 한다')이든지 또는 사회에서 이상적인 행동양식이라고 믿는 것('나라를 사랑하는 것이 곧 나를 사랑하는 것')으로서, 한 사회의 보편적 공감을 받기에 넉넉한 것이다. 이 규범적 행동양식은 주인공 또는 다른 인물이 대표할 수도 있고 그냥 암시만 할 수도 있다. 이 규범에서 벗어나는 행동은 '못난 짓', '어리석은 짓', '우스운 짓'으로 제시된다.

잘난 체하는 자는 못난 녀석으로 제시되는데, 이것은 사회에서 겸손한 태도를 바람직한 규범으로 인정하고 있기 때문이다. 똑똑한 아들의 자유연애 결혼을 반대하는 완고한 아버지는 어리석은 구세대로 제시되는데, 이는 현대 사회 계층 중의 특히 젊은 세대의 규범적 행동에 역행하기 때문이다.(이 경우 일부 노년층은 이런 희극은 교육적으로 유해하다고 주장할 수도 있다)

규범에서의 이탈이란 말은 다른 말로 하면 '어울리지 않음', '불일치(incongruity)'라고도 할 수 있다. 바지 저고리에 갓을 쓰고 자가용차를 운전하는 모습은 어울리지 않는다. 사람은 자기에게 육체적·심리적 고통과 상해를 미치지 아니할 종류의 불일치와 안 어울림에 대해서 웃음을 터뜨리는 반응을 보인다. 위에 말한 그런 꼴의 운전사는 우리를 웃긴다.―그가 우리를 치려고 달려들 때에는 무서워하지만. 점잖게 차린 신사가 바나나 껍질을 밟고 엉덩방아를 찧는 꼴도 우습다. 이것은 무엇에의 불일치인가? 그러나 우리는 이와 같은 반응의 심리적 원인을 여기서 규명하려는 것은 아니다.

희극 중에서도 소극(farce)은 특별히 눈에 띄는 확실한 불일치를 제시한다. 그러나 어떤 희극에서든지 일종의 불일치에서 오는 웃음이 있게 마련이다. 과장도 불일치의 일종이다. 과장된 사실과 실제의 사실 사이의 불일치는 웃음을 자아낸다. 서로 양립할 수 없는 것처럼 보이던 사상들의 결합, 패러독스 등도 불일치들이다. 버나드 쇼는 특히 이런 불일치를 다루는 데에 능하다. 〈인간과 초인간〉에서 남자가 여자를 추구하는 것이 아니라 여자가 남자를 추구한다는 궤변을 기막히게 증명하고 있다.

희극의 개념과 떨어질 수 없는 것은 소위 위트(wit)라는 것과 유머(humour)라는 것이다. 위트는 일치한다고 믿어지고 있는 사실들에서 불일치를, 불일치한다고 믿어지는 사실들에서 일치점을 발견하는 예민한 판단력이고 또 그 판단의 결과를 간결·명확하고도 암시적인 문구로 표현하는 능력이다. 그러니까 위트가 없이 불일치를 기간으로 하는 희극을 지을 수는 없다.

유머는 위트의 신선하고 예민한 비판성이 없고, 적절한 표현에 의한 인상적 효과를 노리지도 않는다. 불일치를 발견하되 공격적이 아니고 자신도 그런 불일치가 자행되는 사회의 일원임을 암시하는 일종의 뱃심 좋은 겸허와 아량을 보인다. 세상과 더불어 세상을 웃는 태도다. 위트와 유머는 희극 제작상의 기교라기보다는 작가의 인생관 내지 태도의 일단이다. 특히 유머가 그렇다.

이러고 보면 희극이란 작가의 인생에 대한 태도와 긴밀히 관계가 있다. 위에서 잠시 설명한 바와 같이 희극의 원조인 디오니소스 축제는 생산과 생식 및 결실을 예찬하였는데, 인간적 차원에서 가장 중요한 생산은 남녀의 결혼에 의하여 이루어진다. 남녀가 행복한 결혼으로 골인함과 동시에 막이 내리는 무수한 로맨틱한 희극들은 모두 디오니소스적 인생관과 관계가 있는 것이다.

불일치를 예리하게 지적해 내는 풍자적 공격이 담긴 희극도 사람이 근본적으로 열등하다는 비관론 내지 염인주의(厭人主義)의 발로이기보다는 '우리가 사는 세상은 일정한 규범이 있어야겠지만 저런 못난 치들도 이럭저럭 함께 살아 가는 재미있는 곳'이라는 태도를 암시한다.(염인주의나 비관론적 태도에서 인간을 공격한다면 일은 자못 심각해진다. 즉, 비극을 지향하게 된다) 희극의 결말이 암시하는 것은 개인 또는 특정 집단의 못난이 짓에도 불구하고 사회 전반의 건전성, 상식의 정당성, 인생의 수긍이다. 규범으로부터의 불일치는 결국에는 개인의 결점이고 그로 인한 문제는 결국에는 모두

에게 이롭게 해결될 것이라는 낙관론이 희극적 세계관
(comic vision)이라 할 수 있다. 이 점이 강조되면 비
극 못지않게 희극도 인간끼리의 공감을 조성할 수 있는
것이다.

　다음으로 알아볼 것은 희극의 여러 장르들이다.

　우선 '고급 희극(high comedy)'과 '저급 희극(low c
omedy)'으로 구분할 수 있다. 고급 희극(좀 어색한 명
칭이나)은 감정보다도 주로 지성의 판단에 호소하는,
위트가 넘치고 소피스티케이티드한 희극이다. 주요 인
물들의 사회적 신분은 지위나 재산 정도나 학벌에 있어
상류에 속하고, 서로 상대방의 허점과 약점(규범을 어
긴 행동양식)을 파악하고 있다. 고급 희극은 관념극
(comedy of ideas: 버나드 쇼의 작품들)인 경우가 많
다. 행동보다도 태도 및 대화에 역점을 둔다.

　저급 희극의 대표적 형태는 소극이다. 텔레비전에서
늘 보는 단순한 우스갯거리들. 등장인물들은 대체로 소
피스티케이션이 없는 단순한 못난이들로 못난짓들을 한
다. 그러나 억지로 웃음을 자극하려고 몸짓 팔짓에 기
괴한 표정을 꾸며대는 소극말고 부담없이 순수한 웃음
을 자아내는 소극을 만들기란 쉽지 않다.

　이렇게 소극을 예술적으로 교묘히 꾸며 놓은 형태의
하나가 희화극(戲畵劇, burlesque)이라는 것이다. 희화
극은 우스꽝스러운 과장을 생명으로 한다. 과장의 방법

으로서는, 엄숙하고 웅장한 것을 허무맹랑한 것으로 만들어 놓는 것, 정직하고 아름다운 감정을 감상벽(感傷癖, sentimentalism)으로 만들어 놓는 것, 심각한 문제를 대수롭지 않게 꾸미든가 대수롭지 않은 문제를 심각하게 제시하는 것 등등이다. 근본에 있어 주제와 문체의 교묘한 불일치의 효과로 회화극은 성립된다.

고급·저급 희극들의 양 극단 사이에 여러 장르가 들어간다. 낭만적 희극(romantic comedy)은 남녀가 사랑을 성취하기 위하여 얽히고 설킨 저해 요소들을 극복하는 것을 다룬다. 남녀가 심각하고 엄숙하고 비관적 태도로 그 저해 요소들과 투쟁하는 것으로 제시되면 그것은 희극이 아니고 멜로 드라마가 되고, 썩 잘된 경우 비극이 될 수 있다. 낭만적 희극에서 남녀는 재치와 기민한 행동으로 저해 요소에서 교묘히 빠져 나가는 것이 보통이다.

사회 희극(social comedy)는 일명 풍속극(comedy of manners)이라 하는 것으로서, 주로 사회의 근간을 이루고 있는 중산계급의 생활상의 허점을 취급한다. 대개 중산층이 모이는 사교장이나 저택의 응접실을 배경으로 하는 까닭에 '응접실 희극(drawingroom comedy)'이란 별명도 갖고 있다. 실제 생활의 일단임을 모방하는 까닭에 환상적이거나 과장적이 아니고 사실적이다. 한 사회의 허점과 약점을 잘 드러낼 인간 관계상의 계략이나 서로 짜고 속이기(intrigue) 등이 플롯의 근간이 된다.

성격극(comedy of humours)이라는 것도 있다. 잘 짜여진 플롯보다도, 한 인물의 특출한 성격을 두드러지게 부각시키는 것으로, 예컨대 돈을 지나치게 아끼는 성벽을 가진 사람이 그 성벽을 최대한으로 발휘할 여러 종류의 시추에이션을 마련해 주는 것이다. 부모 앞에서도 수전노, 선생 앞에서도 수전노, 애인 앞에서도 수전노의 버릇을 고수하는 성미 고약한 인물이 부각되는 것이다. 프랑스의 몰리에르가 이 장르에 크게 성공했고, 그보다 먼저 영국의 벤 존슨이란 사람이 대성했었다.

마지막으로 비희극(悲喜劇, tragi-comedy)이라는 것을 이야기하자. 신문지상에서 희비 쌍곡선이니 눈물과 웃음의 희비극이니 하는 말을 가끔 보는데, 엄격히 말하면 희비극이 아니라 비희극이다. 역시 해피 엔딩이니까 말이다. 비희극은 처음에는 비극처럼 착한 주인공이 부당하게 불행을 겪다가 어떤 전환점에 이르러 정당한 행복을 찾는 내용으로 되어 있다. 권선징악(勸善懲惡)의 교훈이 가장 두드러진 형태다. 한국 사람은 눈물 흘리기를 대체로 달가워하고 또 많은 눈물 후 행복해지는 꿈을 안고 있는 까닭에 텔레비전에서나 대중 영화·연극에서 비희극을 요구하는 것이다. 그러나 많은 경우 그런 울다가 나중엔 눈물이 마르기도 전에 아쉬운 웃음을 웃게 만드는 일종의 멜로 드라마에 지나지 않는다.

비희극은 영국에서 가장 발달했고, 그 대표는 셰익스 피어 자신이다. 우리는 그의 〈베니스의 상인〉을 잘 알 고 있다. 이 작품은 그냥 마음 졸이다가 후련해지는 극 이 아니라, 일부러 눈물을 자극하지도 않고 모든 게 다 해결되었다는 단순한 후련함도 제공하지 않고 있다. 샤 일록이 망했다고 해서 그냥 즐거워지지 않고 안토니오 가 불행하다고 해서 그 불행의 긍정적인 의미가 없는 것도 아니다. 극이 끝나고 남는 것은 문제 의식이다. 인 간이란 무엇인가를 자못 생각하게 한다. 이래서 셰익스 피어의 일부 비희극들을 '문제 희극(problem come- dy)'이라 부르고 있다. 이쯤 되면 비극과 희극의 거리 는 아주 좁아진다. 비희극과 비극은 인생은 수긍할 만 하되 무척이나 고심하고 희생을 각오한 끝에야 겨우 수 긍할 수 있다는 세계관을 보이는 듯하다.

6. 소 설

소설에 관해서도 가장 중요한 요소인 인물과 플롯은 이미 다 얘기한 바이다. 여기서는 주로 소설의 기원과 그 변천 과정을 간단히 살펴보기로 한다.

우선 '소설(小說)'이란 말뜻부터 이야기하자. 소설이 란 중국과 한국에서 아주 오래전부터 씌어졌다. 어떤 사전에 보면 '소설'이란 말은 본래 당·송년간 평화스럽

던 시절에, 정부에서 민심을 알기 위해 관리(패관이라
했다)를 파견하여 항간에 떠도는 기문(奇文)·일화·우스
개 등을 수집케 하였는데, 이를 하찮은 짧은 이야기라
는 뜻에서 소설이라고 했다는 것이다.

　후에는 이런 이야기를 문장가들이 문체를 구성하고
적절히 윤색하여 꾸미기 시작했는데 이를 패관문학(稗
官文學)이라 했다. 고려 때의 이규보(李奎報)의 ≪백운
소설(白雲小說)≫이나 이조 때의 ≪패림(稗林)≫은 이
름난 '소설집'이다.

　그후에 그런 소설 중에서도 특히 신비롭고 기이한 이
야기들에 대한 취미가 유행하였는데 이를 흔히 전기(傳
奇)라 했다. 김시습(金時習)의 〈금오신화(金鰲新話)〉는
한국 문학상 그 최초의 대표적 작품이다. 그러니까 동
양의 소설에는 일화·풍문 같은 시속적 이야기와 괴기담
·모험담 같은 상상적·신화적 이야기가 주류를 이루었다
고 할 수 있겠다.

　그런데 이런 '하찮은 이야기'보다 훨씬 '중요한 이야
기'가 있었으니 그것은 국가 민족의 역사였다. 역사는
단지 이야깃거리가 아니고 경세제민(經世濟民)을 위한
학덕(學德) 수련의 길잡이였으니만큼 무척 중요시되었
던 것이다. 그럼에도 역사는 다분히 이야깃거리가 될
만한 데가 있어서 이야기로 풀어 쓴 역사, 즉 ≪삼국지
연의(三國志演義)≫ 같은 '연의'가 생겼다.

패관문학이나 연의체(演義體) 문학이 성립되기 이전
부터 물론 역사소설의 선구인 야사(野史)·야담·설화·전
설 등이 구전(口傳)되든가 또는 역사서의 한 부분에 편
입되어 전하든가 또는 설화집으로 전해지든가 하였다.
이런 설화들은 후일 문장가들의 소설이나 연의의 재료
가 될 수 있었다.

동양에서는 그러니까 사실적 역사소설(위인전 포함),
시속적(時俗的) 소설, 상상적 전기소설의 전통이 있었
고, 이야기 자료로서의 설화·전설이 있었다. 서양의 경
우도 비슷하다. 영미에서는 소설을 노블(novel)이라 하
는데 이 말은 중세기 말에 이탈리아에서 유행하던 이야
기 형식인 노벨라(novella)에서 온 말이다. '새로운 이
야기'란 뜻이다. 보카치오의 〈데카메론〉이 그 대표적인
데 현실적 세태를 반영하는 사실적 이야기들이 바로
'novella'였던 것이다. 동양의 '소설'과 맞먹는다.

한편 공상적이고 신기한 이야기도 많이 유행했다. 갖
가지 기이한 모험을 하는 기사의 이야기, 마법사·마녀
가 등장하는 괴기담 등도 동양의 전기소설과 마찬가지
로 상당히 상상적이고 시적인 맛이 있다. 이를 로맨스
(romance)라 했는데, 이 로맨스 문학은 남유럽의 로
맨스 언어를 사용하는 민족(특별히 프랑스와 스페인)
사이에 대단히 유행을 한 까닭에 그런 이름이 붙여진
것이다. 우리가 쓰는 '로맨틱', '로맨스', '낭만'은 실은

단지 한 언어 민족의 이름에 불과했던 것인데, 그들의
그 신기한 무용담·연애담으로 이름난 문학 때문에 그런
뜻을 가진 말이 되어 버린 것이다. 유럽 제국에서는 소
설을 로망(roman)이라 부르는데 이는 소설이 로맨스
문학의 후예임을 증명하는 것이다.

　로맨스 문학이 유행하던 중세시대에는 역사와 현실이
구별되지 않고 혼합되어 있었으나 고대·근세에는 역사
는 일어난 사실의 기록으로 뚜렷한 존재를 갖고 있었
다. 동양과 마찬가지로 역사는 역시 서양인의 학덕에
필요한 길잡이였다. 역사를 이야기로 풀어 쓴 예는 로
마시대에도 간혹 있었으나, 문학적 의도를 가지고 쓴
것은 19세기 이후이니까 동양보다 훨씬 뒤진다. 물론
서양의 신화·전설은 동양보다 훨씬 양적으로 풍부하여
수천 년간 계속 문학의 자료구실을 하고 있다.(신화에
대해서는 보다 자세히 뒤에서 설명할 것이다)

　그냥 설화가 소설이 되지는 못하는 이유는 무엇일까?
첫째로 특정한 작가가 저작권을 주장할 수 있도록 책임
있게 문자로 정착되지 않았다는 것과, 작가는 그의 독특
한 스타일과 취급 방식을 가지고 설화를 자료로 사용하여
새로운 것을 만드는 것, 성격·배경·플롯의 설정과 운영에
적절한 배려를 하는 것 등의 작업을 안 한 까닭이다.

　동서양을 막론하고 허구적 산문 이야기, 즉 문학 장
르로서의 소설은 대체로 사실적인 시대소설, 다분히 시

적이고 낭만적인 전기소설, 사실적 역사를 소재로 하는 역사소설 등이 정립된 셈이다.

사실상 사람이 이야기를 한다면 대체로, 이 세 가지 형태를 취하게 된다. '옛날에 이러이러한 일이 있었다'는 사실적인 경우가 역사 이야기이고, 환상적일 때에는 로맨스가 되며, '요즈음 들으니 이러저러한 일이 있다'는 시대소설 같은 게 된다. '이러이러한 일이 생기면 좋겠다'는 역시 로맨스의 영역이 될 테지만 그보다는 시의 영역이 제격이다.

역사소설은 위에서 보인 바와 같이 시대소설 중에 과거 시대에 관한 소설로 볼 수도 있고 또 환상적 내용이 들어 있으면 옛 이야기의 전형인 로맨스 문학이 되니까 약간 애매한 위치에 있다. 그래서 대체로 서양서는 대다수의 역사소설을 역사적 로맨스(historical romance)라 부르고 있다.

스콧이나 뒤마, 위고 등 낭만주의자들의 역사소설들은 그야말로 역사적 로맨스들인 것이다. 그러나 〈전쟁과 평화〉 같은 역사소설은 역사적 사실에서 벗어나지 않으려고 고심한 결과로 여느 사실적 시대소설에 가깝다. 이와 같은 견지에서 볼 때 결국 소설은 novel 계열과 roman 계열 두 가지로 나뉘는 셈이다. '장편 허구 산문 이야기'에는 두 개의 혈통이 있다.

그런데 소설가들에 의해서 이 두 혈통이 언제나 엄격

히 구별되는 것은 아니다. 상당히 많은 경우 이 둘은 합해서 환상적·모험적 요소와 현실적·세속적·인간적 요소가 공존하는—도스토예프스키처럼—작가도 있다.

소설은 성질상 시나 희곡처럼 눈에 띄는 형식이 없다. 있다면 긴 것·짧은 것 정도다. 장편소설·단편소설, 중간치는 중편소설이라는 별로 의미 없는 이름이 붙는다. 이야기를 하는 방법이 외형적으로 고정되기란 힘들다.

7. 소설의 여러 장르

첫째로, 외형상의 길이를 구분의 기준으로 삼을 때 장편·중편·단편 등의 장르 구별이 생긴다. 그러나 얼마나 길며 몇 페이지 이상이면 장편이 된다는 법칙은 없다. 길이의 제한은 없으나 대부분의 장편소설은 한 권의 책(아주 두텁더라도)으로 인쇄될 수 있는 분량이다. 무책임하게 길어빠진 호기심의 계속적 만족을 위한 참칭(僭稱) 대하소설이라는 것이 가끔 5권, 10권 등으로 인쇄되지만 소설 예술상 그런 것이 합당한 것인가 의문시된다. '보기 좋은 것'은 아주 적어서도 안 되고 또 너무 커서 한눈에 안 들어와도 안 된다고 한 아리스토텔레스의 말은 명언이다.

플롯과 인물과 배경이 넓은 의미에서나마 통일된 인상을 줄 절대적 필요가 있음을 인정한다면 마지막 페이

지를 읽을 때쯤 해서 첫권은 모두 잊어버릴 수밖에 없
을 정도로 길어빠지면 순간순간의 호기심만 만족시키는
것이지 전체가 한 덩어리를 이루지 못한다는 말이다.
물론 장편소설은 아무 이야기나 한 200페이지 늘어놓
으면 되는 것은 아니다. 200페이지짜리의 장편은 하나
의 플롯이(인물의 전개도 포함해서) 완전히 전개되어
결론에 도달할 필요 충분한 '마당'인 셈이다. 즉, 플롯의
완전한 전개에 필요한 만큼의 길이를 한 소설이 갖게
된다고 볼 수 있다.

19세기 이후 특히 현대에 총애를 받고 있는 단편소
설은 길게 풀어 쓰면 장편소설이 될 수 있는 것을 요약
해서 간단하게 쓴 것이라 생각하면 좀 잘못이다. 그렇
게 해놓으면 그것은 그냥 대강 이야기이지 현대적 의미
의 단편소설은 아니다.

대체로 단편소설은 심신의 피로 없이 앉은 자리에서
읽을 수 있을 정도의 길이를 갖고 있는데, 그로 말미암
아 전체에 대한 통일적 인상을 '한눈에' 받을 수 있다.
이야기의 내용은 자연히 초점적이고 단일한 소재를 다
루게 된다. 성격의 자세한 진화 과정이 제시되어야 하
는—따라서 길어지는 인물은 등장하지 않는다. 이미 설
명할 필요가 거의 없을 정도로 진화된 인물이 어떤 단
일한 갈등에 대처하는 모습을 제시하게 된다. 상당히
많은 경우에 성격·배경·플롯의 3요소가 동시에 균형 있

게, 크게 전개되는 것보다 그 중 하나가 집중적으로 전개된다.

장편은 생활을 종적인 과정으로 제시한다고 하면 단편은 생활의 단면의 제시라 볼 수 있다. a slice of life 란 말도 쓴다.

이렇듯, 장편과 단편은 같은 산문 허구이기에 문학이긴 해도 별다른 장르라는 견해가 대두하여 구미에서 장편 소설가(novelist)와 단편 소설가(short-story writer)를 구별하는 학자도 많다.

중편은 무엇인가? 엄격히 말하면 중편은 단편소설이 길어진 것보다 짧은 장편소설이라 보는 것이 나을 것이다. 보통 1백여 페이지쯤 되면 그야말로 앉은 자리에서 읽기도 어렵거니와 사실, 단편의 집약적·초점적 취급을 위한 '마당'으로는 지나치게 넓은 까닭이다. 중편을 novelette, 또는 short novel이라 부르는 것을 보아도 그것이 소설의 한 변종이라는 생각이 지배적임을 알 수 있는 것이다. 소설 장르의 설정 기준으로 1인칭, 3인칭 등의 관점이 있는데 이에 대해서는 이미 제3장에서 설명했다. 또 플롯·성격(인물)·배경의 3대 요소 중에 어느 것 하나가 강조되면 행동 소설(플롯)·성격 소설(성격)·지방색 소설(배경) 등의 장르가 성립됨도 말했다. 플롯과 성격이 상호 긴밀한 연관하에 강조되면 극적 소설, 3대 요소가 다 강조되어 극대한으로 포괄적으로 다루어지면 대하소설의 장르가 생김도 이야기했다.

구조와 형식을 떠나서 내용면에서 소설의 장르를 구분할 때에는 극히 임의적이고 혼란스럽다. 관념소설·심리소설·사상소설·아동소설·사회소설·정치소설·종교소설·전쟁소설·농촌소설·교육소설 등등 한 가지 작품이 경우에 따라 여기도 저기도 속할 수 있다. 이러한 장르 구분이 작품에 대한 이해를 돕고 또 그 작품을 논의하기 위한 발판이 되는 것은 부인할 수 없다. 여러분은 〈춘향전〉이 들어갈 수 있는 여러 개의 장르를 스스로 설정해 보고 그 각각으로 해서 〈춘향전〉의 어떤 면이 설명되어질 수 있는가 살펴보라.

8. 문학적 산문 : 수필과 논픽션

시·희곡·소설의 3대 장르에다 문학적 산문(논픽션, 수필)을 아무런 이의 없이 첨가할 수 있을까?

다른 장르들에 비하여 수필은 '비전문적(非專門的)'이다. 즉, 아마추어의 장르다. 아마추어 시인의 작품은 무가치하고, 만일 가치가 있다면 그는 아마추어가 아니라 '전문적' 시인이 벌써 되어 있는 것이다. 엄격한 의미에서 아마추어 시인·소설가·희곡 작가는 있을 수 없다. 그러나 수필은 전문가도 있지만 아마추어(가정주부·학생·변호사·상인 등)의 작품도 가치가 있을 수 있다.

수필은 '붓 가는 대로' 쓴 글이라는 뜻으로 프랑스어

와 영어의 에세이(essai, essay)를 번역한 것인데, 좀
더 정확히 하자면 시필(試筆) 또는 시론(試論)이라 했
어야 할 것이다. 어떤 문제에 대해서 전문가가 아니고
하나의 지식인, 하나의 생활인의 입장에서, 자기가 아
는 범위 내에서 자기가 구사할 수 있는 어휘로 '진술하
여 보는 것'을 뜻했다. 몽테뉴는 정규적 신학자가 아니
었지만 종교에 대해서, 직업적 카운셀러는 아니었지만
우정 관계에 대해서 그 나름대로 써보았다. 즉, 몽테뉴
는 직업적·전문적 입장이 아니었다. 주제에 대한 비전
문성(非專門性)이 문장에도 나타난다.

시인·소설가는 시·소설 장르에 속하는 문장구성의 방
식·형식·표현법·플롯의 전개 방법 등에 대한 훈련 과정
을 거치고 나서, 즉 우리나라의 경우, 〈현대문학〉 같은
문예지의 추천 과정이나 '신춘 문예' 같은 공식적 '인가'
를 받아야 드디어 전문적 작가로 행세하게 되는 데 반
하여, 수필을 쓰는 사람은 좋은 글을 많이 읽고 그 비
슷하게 써보면 당장에 좋은 수필을 만들어 낼 수도 있
는 것이다. 웬만한 수준의 교양을 갖고 있고 또 웬만큼
국어를 쓸 줄 아는 사람이면 시는 여간해서 못 써도 수
필은 쓸 수 있다.

물론 전문적 수필가도 있다. 전문적 수필가는 위트와
유머(앞 장에서 설명)가 비상하고, 표현 능력에 있어서
시인과 소설가의 그것에 맞먹을 정도고, 상상력과 이미

지 구성에 있어서도 그렇고, 특히 인생에 관해서 '문학적'인 해석을 가할 수 있고, 사물에 대하여 독특한 톤을 가진 사람이다.

여기서 문학적이라는 말은 논리적이긴 하되 비전문적·비과학적이고 사색하는 사람의 포괄적이고 종합적인 반응을 나타낸다는 의미다.

수필은 하나의 완전한 장르를 형성하기에는 지나치게 무형(無形)한 것이나 대체로 길지 않은 글이다. 형식상으로 장르 구별을 할 수 없으므로 주제에 의한 편의상의 구별을 하는 것이 보통이나 그것을 장르의 구별이라고는 할 수 없다. 도덕론·비판·인물평·인물 소개·일화·서간·일기·회상록·경구·묘사·개인 경험담·역사 얘기·시평·칼럼·농담·사설·기행문·건의문·개인적 환상·자연 소개·학문의 해설 등등 끊임이 없다. 이들이 공통점이 있다면, 그 무형식성과 '잘 쓴 글'이라는 것뿐이다.

그런데 상당히 전문적이면서도, 따라서 객관적 사실이나 학설을 전달하려는 목적이 있으면서도 글 자체에 매력이 있는 저술도 있다. 예전에 한창 많았었고 요즈음 다시 인기를 끌기 시작하는 소위 논픽션(non-fiction)이라는 것이다.

이러한 논픽션에는 모든 영역의 글이 다 속할 수 있다. 철학논문·과학논문·수학논문 같은 순수한 지식을 전하기 위한 글들도 문제 제시의 방법이나, 설명의 방

식에 있어서 말의 좋게 쓰임을 느껴지도록, 또한 자기
가 취급하는 주제에 대한 한 인간으로서의 태도가 느껴
지도록 하였을 때, 전달되는 지식의 가치는 물론이려니
와 그 글의 맛 때문에 독자가 즐겨 읽게 되는 것이다.
그러한 글이 맨 처음 씌어졌을 때 물론 그 근본 가치는
그것이 취급하는 지식의 타당성 내지 합리성에 좌우된
다. 시대를 따라서 한때 새롭던 지식은 낡아지고, 따라
서 순 학술적 가치는 크게 쇠퇴할 수도 있다. 그럼에도
불구하고 후세 사람들이 그것을 즐겨 읽을 때, 그것은
그 문체의 아름다움과 힘 때문이다.

　언급한 바와 같이 문체는 주제에 대한 저자의 태도를
반영한다. 즉, 주제의 학술적 가치는 없어졌어도 그 문
체를 통하여 자기의 태도를 계속 보이고 있는 사람의
글은 그대로 남는 것이다. 영국 르네상스 시대의 로버
트 버튼(Robert Burton)의 〈우울증의 해부(The A-
natomy of Melancholy)〉는 거의 2천 페이지에 달하
는 정신병 치료에 관한 의학서로 씌어졌었지만, 지금은
로버트 버튼이라는 박학다식하고 다정다감한 르네상스
인의 내면적 성격을 완전히 구현한 유수한 장편 에세
이, 논픽션으로 꼽히고 있다.

　칼라일의 〈프랑스 혁명사〉도 정확한 역사적 사실의
전달로 가치가 있는 것이 아니라 프랑스 혁명, 일반적
으로 혁명에 대응하는 한 뚜렷하고 상상력이 풍부한 개

성의 간접적 구현으로 가치가 있게 되었다.

문학에서 좋은 문체의 구사와 아울러 한 인물·성격·개성의 구현을 본질적인 작업으로 여기고 있거니와 좋은 논픽션도 그런 일을 해내고 있다.

과학·수학 등 순수한 학문을 전달하기 위한 글도 문학적 산문이 될 수 있지만, 주로 논픽션 하면, 회고록·기행문·전기·자서전·수기·참회록 등 직접 개인의 체험과 관계 있는 글이 그 대종(大宗)을 이룬다. 당연한 일이다.

다음으로는, 개인의 사상 또는 사색의 결과를 말하는 수상록·철학론·문화비평·사회비평·종교론 그리고 신중히 씌어진 문학비평 등이 있다. 역사·자연·우주·인간 본성·사회·경제 등에 대한 개인적 해석이 가해진, 그러나 사실에 입각한 글들은 그 다음쯤 될 것이다. 다시 말하거니와 이런 글들은 지식도 지식이려니와 그 지식에 대한 개인의 태도가 매력적인 것이다. 그러나 지식의 전달이라는 목적이 살아 있는 한, 그것은 학술적 평가 기준 및 문학적(문체적) 평가 기준의 두 상이한 평가 기준을 갖게 되고 따라서 문학과 비문학 사이의 모호한 지역에 자리를 잡는다.

제5장 문학의 전통:
문예사조·시대·유파

문학작품을 구분하는 것은 장르만이 아니다. 사상적
으로나 기질적으로 동질적인 작품들을 한데 묶어서 무
슨 주의·시대·파의 이름을 붙여 주는 방법도 르네상스
이후 매우 성행하고 있다. 우리는 이미 여기서 고전주
의(古典主義)·낭만주의(浪漫主義)·르네상스·상징주의
등 사조·시대·유파 이름들을 간간이 써왔다. 이제 그들
을 자세히 살펴보기로 한다.

서구에서 문학의 조류를 크게 나누어 고전주의와 낭
만주의를 대립시키는 것이 보통인데, 우리도 대체로 이
를 받아들이고 있다. 이 두 용어는 문학의 태도·기질
등을 뜻하기도 하지만, 실은 그보다 먼저 역사적 시대
를 구분하는 용어였다.

대체로 고전주의는 18세기 이전의 시대를 가리키고
낭만주의는 19세기 이후의 시대를 가리킨다. 그 까닭은
대체로 18세기 이전 문학에서 소위 고전적인 기질을
발견하고, 19세기 이후에는 낭만적인 것이 주로 발견되
는 까닭이다. 우리는 역사적 의미의 고전주의부터 알아

보기로 한다.

1. 고전주의의 우주관

고전주의는 고대 그리스의 예술과 사상의 특징을 이루고 있는 원칙 및 가치관의 영향을 받아 생긴 역사적 사조다. 황금시대의 그리스 문화가 고전주의의 시초이며, 그 대표적 성취이며, 또한 후세의 절대적 모범이 된다. 이러한 의미의 고전주의는 서양 문화의 가장 길고 저력 있는 전통이 되어 있다.

그리스 고전주의, 따라서 서구의 고전주의적 전통의 기본 강령(綱領)은 예술이, 그 중의 하나인 문학이 자연의 모방이라는 것이다. 문학 모방론은 이미 맨 앞에서 알마쯤 설명을 하였는데, 이제 좀더 자세히 생각키로 한다.

자연의 모방이라는 말은 작가의 정신 또는 심리와 동떨어져서 외부에 존재하는 어떤 사실을 작가가 모방한다는 뜻이다. 자연이라는 개념은 시대를 따라 변하는 무척이나 애매한 것이지만, 인간의 의식의 외부에 실재(實在)하는 어떤 것이라는 것만은 틀림없다. 이 외적 실재가 고전적 작가의 주관심사인 것이다. 따라서 작가의 개인적 정신상태나 심리, 주관적 감정 등에는 별로 크게 관심을 안 가진다. 고전작가의 최대 이상은 어떤 외부 실재의 가장 중요하고 본질적인 면을 되도록이면 있는 그대로 재생하는 것이다. 따라서 고전주의적 문학은 '객관성'을 추구한다.

객관성은 대다수의 사람의 보편적 수긍을 얻을 수 있다. 즉, 문학의 객관성이란 독자 편에서 보면 보편성이 된다. 독특한 것, 희귀한 것, 유별난 것도 물론 객관적 실재를 가질 수 있으나(라듐은 희귀하지만 객관적으로 존재한다) 보편적 인식의 대상은 못 된다. 따라서 그런 종류의 객관적 사실은 고전적 작가는 추구할 가치가 있다고 보지 않는다.

외부 실재의 객관적 파악이라는 것은 곧 객관적 인식 내지 지식을 뜻한다. 아무리 외부적 실재라 하더라도 그것에 대한 개인적 느낌은 객관적 지식이 되지 못한다. 즉, 고전 문학은 외부 실재에 대한 어떤 지식을 발견하고 그것을 전달하려고 노력하는 것이다. 이 목적을 수행함에 있어 독창성이니, 상상력이니, 창조력이니 하는 개념들은 외부 실재에 대한 지식을 보다 정확히 가치 있게 파악하고 구체적으로 명확히 전달하기 위한 수단이 될 뿐이고, 그것들이 객관성을 파괴하고 주관성을 조성할 위험이 있을 때에는 파기해야 한다. 그래서인지, 한때 영국에서는 독창성(originality)이 일종의 욕설로 사용된 적이 있다.

작가가 독특한 감정이 있다고 해도 그것은 그대로 가

치가 있는 것이 아니라 어떤 외적 실재를 '쓸모 있게' 모방하여 전달함에 도움이 될 때 비로소 구실을 한다고 믿었던 것이다. 사람인 이상 작가가 개인적 감정이 없을 수 없지만, 또 예나 지금이나 작가는 개성이 뚜렷한 사람이지만, 그 독특한 개성과 감정을 표현의 대상으로 삼는다는 것은 별개의 문제다. 오히려 그런 독창적 능력을 남달리 밝은 '눈'으로 삼아서 외부 실재를 생생하고 힘있게 모방해야 한다는 것이었다.

앞에서 잠시 언급하였지만 모방설에서 대단히 중요한 것은 모방의 대상이 되는 자연(외부 실재)이 무엇이냐 하는 문제다. 실상 고전적 세계관에서 인간 외부에 존재하는 본질적 실재가 무엇이냐 하는 문제는 최고로 중요한 문제다. 그런 외부 실재에 대한 견해에 따라서 그것을 모방한 문학의 성질이 결정되게 마련이다.

외부 실재를 무질서와 우연으로 본다면 그것의 모방으로서의 문학도 무질서와 우연의 재생이 될 수밖에 없을 것이다. 그러나 그리스 문학, 그리고 그것의 전통을 이어받은 서양 문화에서는 우주의 본질적 실재(즉 자연)를 합리적으로 질서가 잡히고 조화를 이룬 것으로 확신하였다. 즉, 우주는 확정된 법칙·원칙·형상을 가지고 있어서, 그런 법칙·원칙·형상을 채 못 갖춘 우리 인간들의 모범이 된다는 것이다. 이런 까닭에 우주는 인간의 모방의 대상이 될 수밖에 없다. 문학이 자연을 모

방한다는 것은 자연스러운 일인 동시에, 도덕적인 작업
도 되는 것이다.

질서와 조화를 완전히 갖춘다는 것은 부분들이 합리
적으로 상호 연관되어 있어 하나의 완전한 형상을 이룬
다는 뜻이다. 조화와 질서를 완전히 갖춘 자연은 도덕
적인 동시에 아름다운 것이었다. 이 시대에 선함과 아
름다움은 서로 분리되지 않았던 것이다. 그리스의 고전
주의에서 고도로 체계화된 철학과 예술이 한꺼번에 꽃
피었던 사실을 보아도 그것을 알 수가 있다.

우주의 본질적 실재(그것은 곧 질서와 조화)를 모방
하는 문학은, 결국은 우주의 변함 없는 객관적 형상(참
모습)을 추구한다. 예를 들면, 사람의 얼굴·수레바퀴·
보름달·잘 익은 사과 등등의 일련의 개체적 자연물들이
공통적으로 가지고 있는 의미 있는 본질은 무엇인가?
그것은 곧 '둥근 것'이라는 본질적 형상인 것이다. 이런
것이 일련의 독특한 사물들에서 가치 있는 지식을 발견
하는 일이다. 사물에 대해서 이러한 태도를 가지면 결국
체계적 철학과 과학, 그리고 고전적인 예술을 낳는다.

어떤 불변하는 형상에 도달하기 위해서는 개체 사물
들의 자질구레한 특성들에 필요 이상의 주의를 기울여
서는 안 된다. 그래서 아리스토텔레스는 문학이 단순히
'있었던 일', '있는 일'을 취급하지 않고(그것은 역사라고
했다) 전반적으로 '있을 만한 일', '있어야 하는 일'을 취

급한다고 했다. 그러니까 고전주의 문학은 요즈음 우리
가 말하는 사실주의 문학과는 판이하다. 개체 사물의
있는 그대로를 모방하는 것은 근대의 사실주의이지만
고전주의는 많은 개체 사실들 뒤에 있는 본질적 형상을
모방하는 것이다. 개체 사물은 그 본질적 형상을 대체
로 닮고 있으나 완전히는 닮지 못하고 있으며, 우주의
원리상 개체는 그 자체의 완성을 위해 그 본질적 형상
을 닮아야 할 '의무'가 있다고 본 것이다.

세상에 사람이 무수히 많지만 사람은 대체로 어떠한
정신적 또는 육체적 형상을 갖고 있는가, 완전해지기
위해서는 어떤 형상을 가져야 하는가를 문학은 알려 주
려고 한다. 그래서 고전주의 문학에서 보면 김 아무개
라는 개인을 있는 그대로 자세하게 보여 주려는 노력이
아니라, 김 아무개가 속하고 있는 부류의 사람들을 대
표하는 전형(典型, type)으로 그를 보여 준다. 그가 욕
심쟁이라 하면, 전형적인 욕심쟁이 상(像)을 그가 보여
주게 되는 것이다. 이 욕심쟁이 상을 보면 '욕심쟁이란
대개 그렇다', '완전한 욕심쟁이는 그래야 한다'는 지식
을 얻게 된다. 이 지식은 김 아무개란 개인은 욕심쟁이
라는 사실을 아는 것(이것 역시 지식이긴 하지만)보다
훨씬 귀중하고 쓸모 있는 지식이다.

개체의 장벽 때문에 우리가 본질의 세계를 잘 보지
못한다는 것이 그리스 철학 전통이다. 플라톤의 관념 철

학은 그 대표이다. 고전주의가 이지적이고, 관념적이고, 이상적인 면모를 띠는 것은 당연하다. 우주의 본질이 질서와 조화라고 믿는 고전주의가 그 예술에 질서와 조화를 구현하지 않을 수 없다. 사실 고전주의 예술 하면 우리 인상에 떠오르는 것은 그 질서와 조화의 묘인 것이다. 고전주의 예술은 우주의 본질적 질서와 조화를 모방하기 위한 수단 자체를 질서 있고 조화 있게 가꾼다.

예를 들면, 그림에 있어서 명암·색채와 선의 조화, 부분과 전체의 조화를 기하여 그 그림이 전달하고자 하는 내용(사물의 본질적 형상)이 질서와 조화를 가지고 있음을 구체적으로 암시한다. 음악의 박자와 화음과 멜로디도 우주의 본질적 질서와 조화를 구현하기 위한 수단이다. 논리와 균형이 잡히고 적절한 표현법을 구사하였을 뿐 아니라 외형 자체도 금방 알아볼 수 있는 형식(정형 운율·시형·극의 형식 등)을 사용한 고전주의 문학은 바로 그러한 수단으로 우주의 본질적 질서와 조화를 강력히 암시하려고 했던 것이다. 고전주의에서 형식을 중히 여기는 까닭을 알 수 있다.

여기서 말하는 형식이란 외곽이 빈틈 없이 뚜렷하고, 부분들이 전체에 복속되어 있어, 어디에도 희미한 부분이나 지나치게 세밀한 부분이 없고 그 부분들이 질서정연하게 한데 뭉쳐서 하나의 완전한 조화와 균형(전체)을 이룬 것을 말한다. 고전주의의 희곡에서 성격이나 감정보다도 뚜렷한 행동의 선(형식)을 보여 주는 플롯을 더 중요시하는 이유를 짐작할 수 있다.

그런데 우주가 본질적으로 질서와 조화를 가지고 있다는 근본 사상이 믿어지지 않으면 외형적으로 나타난 형식은 무의미하게 된다.

그런 신념이 없이 습관처럼, 그야말로 형식을 위한 형식만을 찾게 되면 무생명한 형식주의로 전락한다.

2. 고전주의의 인간관

위에서 개체 사물의 벽 때문에 우주의 본질에 시선을 보내기 힘들다는 말을 했다. 이 말은 곧 우리가 항시 눈앞에 보고 있는 외형적 자연은 실상 불완전한 객체라는 말이다. 사람 역시 개개인을 떼어 놓고 보면 불완전한 존재들이다. 예술은 보이는 그대로의 자연, 있는 그대로의 사람(사람도 물론 자연의 일부다)을 완전한 상태, 즉 본질적 질서와 조화를 이룬 상태에 이르도록 하는 노력이라 할 수 있는 것이다. 이 일은 예술에서 뿐 아니라, 자연을 재료로 하는 모든 기술들에서도 하고자 하는 일이다.

예를 들면, 사람은 개인적으로 볼 때 누구나 신체가 완전하지 못해서 병이 나고 노쇠하게 되는데 의학은 사람의 신체의 완전성을 기하려는 노력인 것이다. 외적 자연 자체도, 즉 인간의 생리 자체도 스스로 완전해지려고 하지만 미흡하여 자연의 본질에 대한 합리적 이해의 산물인 의학으로써 사람의 신체를 완전하게 하고자 한다는 것이다. 다시 말하면, 자연과 협동하는 것이 기술이다. 예술도 눈에 보이는 자연이 도달코자 하는 완전한 형상을 추구함으로써 자연의 본질적 완성을 돕는 것이다. 그것이 예술은 자연의 본질을 모방한다는 관념의 또 다른 뜻이다.

기술이 사람의 일상 필요에 응하기 위해 자연을 완성시키는 일이라면, 예술은 사람의 이해와 통찰을 발전시키기 위해 자연을 완성시키는 일이다. 따라서 기술과 예술의 엄격한 차별은 고전주의에서 인정하지 않는다.

앞에서 말한 바와 같이, 사람은 자연의 일부다. 문학은 특별히 사람이라는 자연을 주시하는 예술이다. 그래서 아리스토텔레스는 문학을, 특히 희곡을 행동하는 사람의 모방이라고 했던 것이다. 앞에서 설명한 논리에 따르면 문학은 사람의 본질을 모방하는 것이고, 모방한다는 것은 있는 그대로의 사람이 완전한 상태에 이르도록, 즉 질서와 조화가 있는 본질에 도달하도록 촉성한다는 뜻을 가지고 있다.

이런 의미에서 고전주의는 문학엔 사람으로 하여금 진정한 사람이 되게시리 이끄는 형성적 기능이 있다고 믿는 것이다. 일반적으로 고전적 인간관은, 사람이란 불완전한 존재이나, 자신을 완성하는 것, 사람에게 잠재적인 가능성으로 주어진 본질을 자각과 훈련에 의해서, 배움과 깨달음에 의하여 성취시키는 것이 의무라고 믿는다. 이것은 공자나 맹자의 전통적 유교사상과도 비슷하다. 유교사상도 '고전적'인 사상이라는 말이다.

자기를 완성한다는 것은 자기 주관에 사로잡혀 이기적이거나 자기 중심적이 된다는 것과는 전혀 다르다. 개인의 가치 있는 본질이라는 것은 모든 인간의 객관적인 본질과 다른 것이 아니다. 따라서 개인이 자기 자신을 형성하여 도달하고자 하는 목표가 되는 본질적 인간상은 엄격한 객관적인 기준을 갖고 있다. 문학의 가치가 인정되는 것은 바로 이 기준을 보여 줄 수 있다는 것이었다. 고전적 인간관에서 합리적 윤리 사상이 절대 우위를 갖는 것은 당연하다. 유교사상도 윤리에 최대의 중요성을 부여하고 있다.

문학은 본질적 인간상, 즉 윤리적으로 완성된 상태를 추상적인 어휘로 설명하지 않고 구체적인 예를 들어서 보여 준다고 고전주의는 믿는다. 문학은 완전하다고 생각되는 이상적 인물을 보여 줄 수도 있고, 완전을 희구하는 불완전한 인간을 보여 줌으로써 완전의 이념을 간접적으로 보여 줄 수도 있고, 불완전한 인간 또는 인간의 결점을 보여 줌으로써 완전이 얼마나 귀한 것이고 바람직한 것인지를 보여 준다.

이렇게 실례를 보여 주는 것이 윤리적 교사로서의 문학의 우수성이라고 고전주의 문학가는 믿는다. 눈에 보이는 대로의 자연의 장벽에 갇힌 불완전한 사람들에게 추상적인 윤리학보다 효과적이라는 생각이다. 르네상스의 고전적 문예사상가인 영국의 시드니는 문학이 추상적 개념과 구체적 실례를 결합하는 까닭에 윤리를 가르치는 철학(추상적 개념)이나 실물의 모델을 보여 주는 역사(개개의 사건과 인물, 즉 구체적 실물)보다 우수하다고 주장했다.

이렇듯 고전주의적 인간관을 가지고 있는 사람들은 문학을 오락이나 글장난으로 보지 않고, 사람의 가장 고귀한 작업으로 보는 경향이 있었다. 동양에서도 글 잘하는 선비를 최고로 존대했던 사실을 우리는 알고 있다. 역시 고전적 인간관의 일단이다. 그래서 사람을 교육한다는 것은 좋은 글(주로 문학)을 배워 주는 것과 동일시하는 전통이 생겼다. 좋은 글을 읽힘으로 말미암아 불완전한 판단력이 완전을 지향할 수 있고, 완전한 것을 존귀하게 여기고 사랑하고 행실로써 그것을 실천하려고 노력한다는 것이다. 글 잘하는 사람을 과거로 뽑아서 정치를 맡긴 동양 정치철학의 이념도 비슷한 근거에서 왔다고 볼 수 있다.

3. 고전주의의 근대적 전개

그리스에서 발원한 고전주의 정신이 로마에 의하여 계승되어 확장·심화되지는 못했으나 연면한 전통으로 확립되었다. 로마시대에는 특히 자연을 그처럼 잘 모방한 그리스의 문학 자체를 모방하는 일이 상당히 유행하기 시작했다. 호메로스는 직접 자연을 모방하여 두 개의 유명한 서사시를 썼지만 로마의 베르길리우스는 자기가 관찰한 바를 호메로스의 문학을 모델로 하여 써냈다. 즉, 과거의 권위를 성실히 연구하고 모방하는 전통이 생기게 된 바, 이것이 후세의 고전주의의 특징의 하나가 되었다. 이리하여 서로 영향을 주고받는 문학적 전통이라는 것이 중대한 규범으로 등장했다.

중세시대에는 문학에 대한 관심이 적었던 까닭에—우수한 문학작품을 남겼음에도 불구하고—어떤 뚜렷한 문학관이 성립되지 않았다. 르네상스를 문예부흥이라고 번역하거니와 이는 그리스와 그 후계자 로마의 고전주의적 세계관을 되살렸다는 뜻이다. 15,16세기의 르네상스를 기하여 부흥된 고전주의적 이념을 그리스의 그것과 구별짓기 위하여 신고전주의(新古典主義, neo-classicism)라고 부른다.

신고전주의의 특징은 로마시대에 비롯된 그리스 문학에 대한 존숭을 극도로 높였다는 것과 그러한 존숭의 대상에 일부 로마 문학까지도 포함시켰다는 것, 또한 존숭을 일종의 제도화하여 문학을 하겠다는 사람은 반드시 고전문학을 성심성의 받들고 연구하고 모방하여 자기가 짓는 작품에 반영해야 했다는 것이다.

자연을 모방하는 것이 물론 문학이지만 제멋대로 모방할 수는 없고 그리스, 로마의 문학적 권위들이 이루어 놓은 전통을 따를 수밖에 없다는 것이었다. 따라서 르네상스 이후엔 융통성이 적은 문학의 법칙·규범·이론이 강요되기도 했다. 이들 법칙·규범·이론 들은 다들 고전적 권위들처럼 문학을 하기 위한 방법이라고 표방되었다.

신고전주의 문학관의 성립에 새로운 세력으로 등장한 것은 기독교 사상이었다. 인간의 행위와 지식의 윤리성을 강조한 기독교는 예술의 형성적·윤리적 기능을 특히 강조하였다. 사람의 불완전성은 기독교 교리상 가장 중요한 신조의 하나였고(아담의 타락으로 상징되는 윤리사상), 사람은 '하나님이 온전하심같이 너희도 온전하라'는, 즉 완전을 위해 최대 노력을 하라는 지상명령을 받고 있다고 믿었다.

그리스인들이 본질적 인간상이라는 이상적 기준을 설정하였다면 기독교는 본질적 인간상의 기준을 더욱 확고히 객관화하고 절대화하였다고 할 수 있다. 개인의 감정·주관·독창성 등이 큰 가치를 가질 수 없다는 것은 분명하다. 문학이 인간의 완성을 지향한다는 고전적 사상은 기독교 사상으로 말미암아 더욱 고조되어, 인간의 구도(求道), 인간의 구원의 보조 수단으로서의 문학이 상정되었다. 인간의 타락과 구원의 희망을 읊은 후기 르네상스의 밀턴의 〈실락원(Paradise Lost)〉은 신고전주의 문학의 금자탑이다.

르네상스에 그리스인들이 귀중히 여긴 합리주의 정신이 적극적으로 다시 추구되기 시작했다. 기독교, 특히 개신교가 합리주의를 넓게 받아들임으로써 르네상스 이후 옳은 이성이 곧 양심이라는 윤리적 합리관이 성립되었다. 옳은 이성에 의한 해결책·방법·제도가 합당한, 따라서 선한 결과에 도달할 수 있다는 낙관론이 생겼다. 우리가 문화사에서 배운 바와 같이, 17세기의 많은 합리주의 철학자들은 수학가를 겸했었다.(해석·기하학은 데카르트가, 미적분학(微積分學)은 라이프니츠가 창안했다) 합리적 사고에 따라 도달한 자연의 법칙은 정확하고도 불변한다는 생각이 확고하게 되었다. 문학사조도 합리성에 의하여 설정된 방법과 규칙을 신봉하게 되었던 것이다.

희곡의 3일치의 법칙은 합리주의적 사고방식에서 생긴 주장이었다. 악한 자는 마땅히 벌을 받고 선한 자는 상을 받아야 한다는 사필귀정(事必歸正), 권선징악의 사상(소위 시적 정의)도 불완전한 인간 사회가 합리적으로 운영될 때 있을 수 있는 일로 주장되었다.

합리주의 정신이 계속적으로 고조됨에 따라서 인간의 불완전성보다 인간의 가능성에 더 많은 낙관을 가지게 된 것도 신고전주의의 특징이다. 따라서 대중을 합리적인 생활로 깨우쳐야겠다는 생각이 문인과 식자 계급에 일어나서, 소위 계몽주의(啓蒙主義, enlightenment)가 유행하였다. 이것은 주로 18세기의 일이다. 문학의 교육적 기능이 특별히 강조된 결과다. 우리나라의 이광수를 계몽주의 문인이라 하는데, 이광수에게는 어딘가 고전적 풍모가 있는 듯하다.

합리적 계몽주의와 낙천주의의 영향으로, '사람은 이러이러해야 하느니라' 하는 당위론(當爲論)보다도 사람은 대체로 이러이러하느니라 하는 보편성 내지 개연성(蓋然性), 영국 사상가 존슨 박사의 말을 빌리면 보편적 본성(general nature)을 제시하는 것이 문학이 할 일이라는 생각이 깊어졌다. '평범한 상태의 사람이란 무엇인가?' 하는 생각 말이다. 사람이 무엇인가를 알기 위해서는 서재에 앉아 합리적 사고만을 해가지고는 부족하고, 많은 사람을 직접 관찰해야 한다는 경험주의(經驗主義)를 내세운 것은 18세기 고전주의의 마지막 거장인 존슨 박사에서 비롯한 영국의 문학사조였다.

이제까지 문학은 사람을 가르치는 기능만 있는 것처럼 이야기가 되었는데, 실은 즐거움·쾌락의 기능도 절

대로 잊혀지지 않았다. 철학처럼 어려운 추상적 어휘가
아니고 아름다운 운율을 타고 눈에 보이는 듯 선명한
구체적 형상을 제시함으로써 사람을 즐겁게 하면서 어
려운 줄 모르게 교훈을 얻게 하는 것이 문학임을 신고
전주의자들은 누누이 강조하였다. 시드니는 문학을 당
밀(糖蜜)에 탄 약(마치 감기약 코프시럽처럼)이라고 하
고, 쓴약과 감초를 함께 먹는 격이라고도 했다. 즐겁게
도 하고 교훈도 하는 것, 또는 즐겁게 교훈하는 것이
문학이라는 것은 고전주의 문학사조의 고정관념이었다.

4. 낭만주의의 성립 : 감정의 반발

서양에서 일어난 문학사조의 가장 광범위하고 급격한
변동은 고전주의에서 낭만주의에로의 전환이다. 이 급
변은 실은 18세기 전반에 걸쳐, 즉 고전주의가 대체적
으로 신봉되던 시기에 남모르게 태동(胎動)하던 경향이
18세기 말엽에 주로 영국과 독일에서 일시에 노출된
것이다.

고전주의는 비교적 통일된 우주관·인간관·문학관을
가지고 있는 반면, 낭만주의란 어설픈 이름이 붙은 이
사조는 갈피를 잡을 수 없이 복잡하다. 이후, 문학사조
는 각종 주의가 난립하는 다극화(多極化)의 시대로 치
닫는다.

그러나 초기 낭만주의는 대체로 전 시대의 고전주의
적 개념에 대한 반발, 또는 재해석에서 발단하였으므
로, 그 경향의 몇 갈래를 알아보는 것이 불가능하지는
않다.

첫째로, 신고전주의의 융통성이 모자라는 이론에 대
하여 생기발랄한 사람에게는 반발이 저절로 생길 수 있
었다. 이런 반발을 한 사람 중의 하나인 존슨 박사가,
'3일치의 법칙은 극작가를 괴롭히고 관객에게는 아무런
즐거움도 주지 못하는 불합리한 법칙'이라고 일갈하였
다. 즉, 합리주의의 견지에서 보아도 3일치의 법칙 등,
합리성을 표방한 문학적 법칙들은 실은 불합리하다는
것이 드러났다. 한 걸음 더 나아가 도대체 딱딱한 '문학
적 법칙'이라는 것은 있을 수 없고, 문학을 창작하고 판
단하는 데에는 오직 개인의 취미와 감정만이 필요하다
는 생각이 반발적으로 대두하였다. 18세기 합리주의와
계몽주의가 아직도 득세하고 있던 시대에 그와 같은 생
각이 가끔 불쑥 나타나곤 했고, 특히 영국에서는 윤리
학과 미학이 합리주의와는 별다른 관점에서 연구되기
시작했다. 요컨대 감정을 중시하는 철학사상이 뿌리를
박기 시작했다. 우주의 웅장한 질서와 조화를 바라보면
서 지식에 도달하기보다 감탄의 감정을 가지는 것이 바
람직하다고도 했다.

일반적으로 말해서 플라톤과 아리스토텔레스가 구상

했던 고전적 자연관은 17세기 후반 물리학자 뉴턴 등
의 기계적 자연관으로 변모했고, 따라서 합리 사상도
기계론적으로 변질되기 시작하여 아름답고 웅장한 자연
의 개념은 퇴색해 버렸던 것이다. 그렇게 변질된 기계
적 합리주의는 문학의 생동성을 설명할 수 없을 뿐 아
니라, 그것의 정반대이고 그것을 파괴하는 세력이라고
믿어지기까지 하였다.

  계몽주의자들이 낙관적인 합리주의에서 인간의 본질
은 이성, 즉 합리성이라고 했다면 이에 반발한 사람들은
인간에게 있어 가장 자연스러운 특성은 '감정(feeling)'
이라고 주장했다. 사람의 감정은 우선 자연 발생적이다.
깊은 사고와 오랜 훈련을 통해 의식적으로 얻어지는 이
성과는 다르다. 이에 비하여 사물을 볼 때 저절로 생기
는 감정은 순수하다고 믿었다. 무슨 제재를 받지 아니
한, 저절로 생긴 감정과 문학을 거의 동일시하여, 시인
워즈워드는, '시는 강한 감정이 저절로 넘쳐서 흘러나오
는 것'이라고 하였던 것이다.

  감정이 무슨 제재를 받지 않는다는 것은 그 감정의
직접성을 뜻한다. 경험이 직접 감정을 유발하고 감정이
직접 시로 표현되다. 따라서 이 작품이 교훈을 줄 것이
냐 아니냐, 전통적이냐 아니냐, 질서와 균형이 잡혔느
냐 아니냐는 따질 겨를이 없다.

  개인의 감정을 귀중하게 여긴다는 것은 개인의 체험

과 특수성을 귀중하게 여기는 것이 된다. 개인의 특수성이란 곧 개성이다. 다른 사람과는 다른 나대로의 느낌, 그것이 워즈워드 말대로 풍부하다 못해 마음 밖으로 넘쳐 나가면 남들의 눈에는 처음 보는 신기한 것이 된다. 저마다 독특한 개성을 유지하려 하고 독특한 표현 방법을 추구한다. 이것이 독창성과 천재의 존숭을 낳았다. 신고전주의에서 고전적 문학을 존숭의 대상으로 떠받들던 것과는 너무나도 대조적이다.

이렇게 낭만주의 문학은 시인의 속마음으로부터 쏟아져 나오는 것이다. 고전주의자들은 문학을 자연, 즉 외적 실재를 모방하는 것이라고 믿었다면, 낭만주의자들은 그 정반대로 내적 감정을 표현하는 것이라고 주장했다. 즉, 낭만주의자와 더불어 문학 모방설로부터 문학 표현설로 급선회했던 것이다. 모방은 외부의 것을 안으로 받아들이는 행위지만 표현은 내부의 것을 밖으로 내미는 행위다. 서양 말로 표현을 expression이라 하는데, 'ex'는 '밖으로'란 말이고, 'press'는 '민다'는 뜻이다. 고전주의자는 외부 실재를 체계 있게 관찰하였지만 낭만주의자는 감정을 풍부하게 하기 위하여 희로애락의 격렬한 체험을 희구하였다. 그런데 워즈워드의 말대로 하자면 외부의 자극이 없어도, 상상력만 가지고도 마음속에 격렬한 감정을 환기시킬 수 있다. 감정을 풍부히 하는 것이 낭만주의자의 훈련이었던 셈이다.

한 가지 주의할 것이 있다. 낭만주의자들이 반대한 것은 그리스의 고전 문화나 호메로스·소포클레스 등의 고전 문학작품이 아니다. 그들이 반대한 것은 신고전주의자들의 문학적 규범·방법, 기타 합리주의의 소산들과 그런 규범을 따라 창작된 것으로 인정되는 작품들이었다. 그러나 낭만주의자들은 호메로스와 소포클레스를 찬양하는 근거를 신고전주의자들과는 전혀 다른 곳에 두고 있었다. 그들은 호메로스와 소포클레스 등이 자연의 일반적 성격을 모방했다고 보지 않고 폭넓은 상상의 세계를 창조했다고 믿었던 것이다. 셰익스피어와 밀턴에 대한 찬양도 역시 그런 근거에서 했다. 보는 관점은 아주 달랐으나 결국 한 가지 위대한 것을 보고 있었다.

5. 낭만주의의 철학 : 상상의 우위

낭만주의가 이성을 인간의 본질로 보기를 거부하고 순수한 개인 감정을 주장하기 위해서는 상당한 철학의 뒷받침이 필요했다. 칸트 같은 철학자는 이성을 낭만적으로 다시 해석하여 좋은 뜻을 가지게도 하였지만 일반적으로 이성이라는 것은 비생명적이고 기계적이며, 아름다움과 선함과는 관계 없는 것이라는 생각이 커갔다. 이성은 파괴적이고 이간질하고 따지고 드는 일종의 악마적 세력이라고까지 생각한 극단파도 있었다. 여하튼 이성은 인간의 본질, 즉 자연과는 반대되는 인위적인 것, 조작적인 것과 관련지어졌다.

그러나 이성이 근대 과학을 이룩한 주체라는 것, 실사회를 이끌어 나가는 방법과 힘의 원천이 된다는 주장에 순전한 개인의 감정만 가지고 맞서기가 힘들었다. 그래서 낭만주의자들은 이성에 필적할 수 있는 정신 기능으로 상상(想像, imagination)이라는 것을 내세웠다. 지금 우리가 그리도 흔히 쓰고 있는 상상이란 낱말의 역사는 그러니까 19세기 초에 시작된 것이다.

상상은 진리를 파악하는 능력, 좋은 것과 아름다운 것을 창조하는 능력, 인간의 본성을 유지시켜 주는 능력 등을 가지고 있어서 인간성을 말살하는 근대의 물질주의 세계를 창조하는 이성과 대립되는 세력으로 등장했다.

이성이 분석적이고 계산적이라면 상상은 종합적이고 직관적이다. 상상은 사물간에 '이간질'을 하지 않고 오히려 친화력을 조장하여, 전혀 성질이 다른 사물들이라도 상상에 의하여 결합될 수 있다고 믿었다. 이성은 조금만 다른 점이 있어도 확연히 구분해 버리는 파괴적이고 배타적 성질이 있다고 주장했다.

세상은 상상과 이성이 서로 대립된 전쟁터다. 사람도 결국은 이성과 상상의 양면을 가지고 괴로워한다. 물론 이성이 해야 할 일도 있고 상상이 해야 할 일도 따로 있다. 문제는 이성이 상상을 압도하지 못하게 하는 것이다.

예술은 상상의 전유물로 생각되었다. 상상의 입김을 쏘이면 모든 인간의 노작(勞作)은 '예술적'이 되었다. 상상을 압도하고 일어선 산업혁명 때문에 세상은 비참해졌다고 느낀 급진적 낭만주의자들은 상상을 왕좌에 앉히고 이성을 충실한 노예로 사용할 때 세상이 좋고 아름다워진다는 일종의 정치 철학마저 갖고 있었다. 현실 사회에 대한 감정적 반발은 기실 낭만주의에 뿌리를 박고 있는 적이 많다. 행동의 자유뿐만 아니라 감정의 자유를 부르짖는 것은 확실히 현대적 낭만주의의 유물인 것이다.

이성은 과학을 낳고 상상은 예술을 낳는다. 고전주의 시대와는 판이하게 과학과 예술은 서로 완전히 대립되는 것이다. 이때부터 그들의 투쟁은 계속된다.

6. 낭만주의의 철학 : 초월주의와 범신론(汎神論)

상상은 사물간의 친화력을 극도로 조장하는 능력인만큼 상상력을 구사할 때 주관과 객관은 구별이 없어지든가 동일하게 된다. 이런 까닭으로 해서 낭만주의 시인은 외부 사물을 강력하게 바라보는 것은 곧 자기 자신의 내부를 바라보는 것이나 다름없다고 믿었다. 외부 사물에 대한 묘사가 시인의 마음의 한 부분을 표현한 것과 동일하게 될 수 있다는 다분히 신비적인 관념이다. 이런 의미에서 볼 때, 외부 자연은 사람의 마음을 닮고 있다.

사람은 생명체·유기체다. 사람을 닮고 있는 자연 역시 생명체요 유기체다. 단순한 기계적인 죽은 물건이 아니다. 자연의 본질은 사람의 마음처럼 다이내믹한 활동 과정에 있으며 부분들은 서로 유기적으로 엉켜 하나의 생명체를 이루고 있다. 즉, 자연은 사람처럼 살아 있다. 사람처럼 자신을 표현하기 위하여 움직이고 발전하는 정신 또는 영혼이 눈에 보이는 자연이라는 몸 속에 내재한다. 예술은 바로 이 자연의 위대한 영혼과 화합하여 같이 움직이는 것이라고 독일 낭만 철학자 셸링 (Friedrich Schelling)이 주장했다. 칸트와 실러(Friedrich Schiller)도 그 비슷한 생각을 하였다. 이들의 낭만주의적 철학을 '초월주의(transcendentalism)'라 한다.

초월주의(超越主義)는 우리의 물질적 경험 저 너머에 실재가, 영혼이 있다는 믿음인 것이다. 그 영혼이 인간의 상상력, 곧 예술적 정신과 닮았다는 것이다. 초월주의는 현실 극복을 내세운다. '의상철학(衣裳哲學, Sartorn Resartus)' 속에서 칼라일(Thomas Carlyle)이 웅변적으로 가르치는 내용이 그것이다.

한편 자연 속에 인간적 정신이 내재(內在)해 있다는

생각은 다분히 원시적인 범신론(汎神論, pantheism)
을 낳기도 했다. 워즈워드는 웅장한 봉우리들 가운데에
서 자기를 아버지처럼 엄숙히 훈계하는 소리 없는 음성
을 들을 수 있다고 하였다. 휘트먼(Walt Whitman)은
이름 없는 풀잎을 보고 어딘가 하느님의 이름이 새겨
진, 그래서 생각 깊은 사람더러 알아보라고 떨어뜨려
놓은 '손수건'인지도 모른다는 말을 했다. 사물을 그냥
보는 것이 아니라, 사람을 닮은 영혼의 얼굴 모습과 동
작으로 보았던 것이다.

이러한 초월주의적·범신론적 생각은 얼마 안 있어 중
세 때에 크게 유행한 상징주의를 재생시키고 새롭게 발
전하게 하였다. 상징주의는 나타난 사실보다 훨씬 더
크고 중요한, 안 나타난 사실이 있음을 주장하는 것이
다. 결국 낭만주의는, 자연은 기계적 법칙을 구현하는
것이 아니라 인간의 근본 마음씨의 원형이 되는 '진리'
를 묵시(默示)한다고 믿었던 것이다.

7. 낭만적 중세주의 및 소박미의 연구

낭만주의라는 낱말이 이제는 완전히 우리말이 되어
버렸지만, 실은 로맨티시즘의 첫 두 마디 '로맨'을 일본
인들이 그 소리대로 한문자로 '浪漫'이라 적어 놓은 것
(일본인들은 '浪漫'을 '로만'이라 발음한다)을 우리가 그

대로 가져다가 우리 나름대로 발음하여 쓰는 것이다. 우리는 앞서서 '로망(roman)'이 유럽 각국에서 소설, 특히 중세적 로맨스 문학의 후예로서의 소설을 뜻한다는 것을 읽었다. 이와 같이 로맨티시즘은 중세적 로맨스와 관련이 있다.

로맨스 문학은 전술한 바와 같이 비현실적이고, 몽환적(夢幻的)이고, 공상적이며, 인간의 꿈이 실현되는 세계에 대한 이야기를 한다. 19세기의 낭만주의의 일면에 확실히 그런 중세적 취향이 있음을 감지할 수 있는 것이다. 중세의 역사적 현실은 문자 그대로의 낭만적인 것은 아니었을 것이지만, 중세인의 상상 속에 펼쳐지던 세계는 19세기 사람들이 그리워할 만한 요소가 다분하였던 것이다. 이리하여 19세기 낭만주의자들 사이에 중세에 대한 취향이 생겨났다. 원시적 색채가 농후한 기사와 아가씨의 모험담과 연애담은 신고전주의 시대에는 야만적이고 미개한 과거의 허황된 이야기로 배척받았지만, 19세기 사람들에게는 현대의 무미건조하고 냉담한 현실로부터 도피하게 해주는 정신 영역이 되어 주었다.

중세 취미와 아울러, 특히 독일과 영국에서는 고딕 취미(Gothicism)란 것도 발전했다. 우리가 서양문화사에서 배운 대로, 고딕 스타일은 불규칙하고 하늘을 찌를 듯이 자유롭게 솟은 건축 양식을 말하는데, 이러한 특질이 낭만주의의 문학에도 엿보인다. 특히 고딕식 소설이라는 것이 유행하였는데, 오래된 대저택에 신비로운 인물이 살고, 유령이 나타나는 등 공포와 호기심을 자극하는 좀 허황된 이야기는 아직껏 일부 독자가 즐기고 있다. 시인 셸리의 부인 고드윈(Mary Godwin)이 지은 〈프랑켄슈타인〉은 고딕 소설의 대표적 통속물로서 아직도 읽히고 있다. 브론테(Emily Brontë)의 〈폭풍의 언덕〉에도 그런 요소가 들어 있고, 특히 포우의 단편소설은 고딕식의 공포와 신비로 가득하다. 중세와 이런 고딕 분위기가 어떻게 연결되었는지는 모르나, 19세기 사람들은 그 둘을 함께 연상했던 것이다. 한때 잊혀졌던 중세의 전설 '로빈홋' '아서 대왕' 등이 다시금 새로운 문학의 소재로 등장했고 또한 고대 그리스나 로마의 환상적 전설·신화들도 다시금 아름답게 꾸며져 이야기되었다.

중세의 공상적 이야기를 좋아한 또 한 가지 이유는 그 단순·소박한 성격에도 있다. 기사가 단지 용맹을 가지고, 악한 원수를 무찔러 이기고, 아름다운 아가씨와 순진한 사랑을 성취하는 이야기는 총칼과 대포로 무장하고 전쟁을 하면서 등뒤로는 협상을 벌이고 돈과 지위 때문에 여자의 애정이 왔다갔다하는 현실보다 단순하고 소박하다.

그러나 진정한 의미의 소박성은 그런 귀족 계급의 몽상적 이야기에서보다, 전원생활·어린이·동물·농촌의 여러 가지 노동·자연 등에서 더욱 뚜렷이 쉽게 발견할 수

있었다. '밭을 가는 소'는 신고전주의 시대에는 여간해
서 시나 그림의 소재가 되지 못했지만 낭만주의 시대에
는 그 비슷한 소재가 차고 넘친다. 복잡다단한 도시를
멀리한 것은 기계문명으로부터의 도피라는 소극적 목적
도 있었지만, 소박·단순한 생활로의 복귀라는 적극적
목적도 있었던 것이다.

  낭만주의자들이 존숭한 천재는 두뇌가 발달한 합리적
인 사람이라기보다는, 천부의 순수성(innocence)을 그
대로 지닌 '단순·소박하고 자연스러운 사람'을 뜻했다.
그래서 워즈워드는 '어린이는 어른의 아버지'라는 패러
독스를 말했고, 또 어린이더러 '너는 가장 훌륭한 예언
자·철학자'라 했던 것이다.

  이것은 프랑스의 사상가인 루소(Jean Jacques Rou-
seau)가 널리 보급한 일종의 '원시주의(primitivism)'
이다. 그는 모든 사람은 본시 선하고 아름다운 기질을 저
절로 타고나는 것이라 믿었다. 그러나 인류 역사가 비뚤
어지게 발전하여, 소위 사회악이라는 것이 판을 쳐서, 그
렇게 선하게 태어나는 사람을 차차 망쳐 버린다는 것이
었다. 그래서 천부의 선한 기질을 잃고 만다고 하였다.
사회악은 도시 문명에 의하여 조장되고, 도시 문명은 인
위적인 물질문명의 산물이고, 물질문명은 이성만을 주장
하는 합리주의의 부산물이라고 하였다. 그러니까 낭만적
원시주의는 이성 만능의 합리주의를 반대하는 데에서 시

작하여 당시의 산업혁명이 많은 부작용을 수반하면서 이룩한 물질문명을 저주하고, 물질문명의 직접적인 구현체인 먼지와 연기에 그을은 도시 문명을 회피하였다. 워즈워드는 물론 많은 낭만적 문인들이 도시를 떠나 한적한 전원에서 살았다.

우리나라에서도 옛날에 낙향(落鄕)한 벼슬아치들은 전원생활에서 홍진(紅塵)을 떨쳐 버리고 살아가는 맛이 홍겹다고들 했다. 전원주의(田園主義)는 낭만주의의 한 분야다. 고전주의자들이라고 해서 전원을 기피한 것은 절대로 아니나, 인간의 질서와 조화의 이념을 구현한, 잘 구조된 웅장한 건물과 잘 계획된 정원과 시가지를 낭만주의자보다는 훨씬 좋아한 것은 사실이다.

아리스토텔레스가 '자연을 모방하라'고 한 말과 루소가 '자연으로 돌아가라'고 한 말은 엄청난 차이가 있다. 아리스토텔레스의 자연은 불완전한 인간의 모범이 되는, 우주의 근본 원리로서의 자연이요, 루소의 자연은 인간의 본래 타고난 소박한 상태의 원형을 말하고, 더구나 인간 외부에 존재하는 자연을 운위할 때, 그것은 우주 법칙이 아니라 소박한 의미의 산과 냇물과 나무가 있는 소위 대자연을 뜻했던 것이다. 워즈워드를 자연 시인이라 부르는 것은 어린이의 천진난만한 자연 상태를 예찬한 이유도 있고, 또 한편 누구보다도 먼저 들꽃과 구름과 산과 강을 노래한 이유도 있다.

8. 낭만적 희망과 절망

사람의 감정이란 쉽사리 변한다. 고전주의자들이 감정을 억제하려고 한 이유는 그것이 너무도 불안정하여 믿을 만하지 못하다는 것이었는 바, 낭만주의자들은 일단 감정을 받아들인 이상, 감정의 변덕에 따르는 것을 자유의 원초 형태로 믿었다. '하늘의 무지개를 보면 내 마음 뛰놀아라' 하고 자연의 아름다움에 열광하던 시인은 어른이 되어 이 세상의 때가 묻으면 그런 열광이 사라질 것이 두려워 '차라리 죽고지고!'라고 절망하는 것이다. 고전주의자들이 중용(中庸)을 생활 태도의 이상으로 삼고 억제와 조종으로 자신을 다스린 반면 낭만주의자들은 감정의 격렬한 변화와 기복에 그대로 휘말려 들었다.

낭만주의자들이 보기엔 현실이 더없이 추악하여 낭만적 꿈이 실천될 세계를 위한 열렬한 혁명 사상을 고취하기도 했던 것이다. 전통에 사로잡힌 영국 사회를 등지고 낭만주의자의 이상향인(또한 고전주의자의 이상향도 되는) 그리스 문화의 발상지(현대 그리스)의 자유를 쟁취하기 위하여 달려갔던 바이런의 일을 우리는 기억하고 있다. 인간은 부단한 훈련에 의해서 형성이 되어야 하는 존재가 아니고 본질적으로 자유롭고 선하고 무한한 가능성이 있는 존재인만큼 인간에 대한 희망은 열

광적이었다. 그러나 인간의 가능성을 순수하게 발휘할
수 있는 현실의 여건이 아닌 까닭에, 또한 현실적으로
인간은 의도하는 만큼은 성취가 불가능한 까닭에, 낭만
주의자들은 우수(melancholy) 속에 빠져들었다.

상당히 많은 낭만주의자들은 청춘 시절의 열광과 혁
명적 활기를 차차 버리고 중년기·노년기에 들어 불안과
우수를 버릇처럼 갖는 것을 볼 수 있다. 자연과학의 발
달은 인간의 물질적 풍부는 가져오되 정신의 자유는 위
축시킨다는 신념으로 말미암아 그 우수는 더욱 짙어졌
다. 상상이 정말 이성을 능가하는 창조적 기능이 있는
가에 대해서도, 예술이 정말 대중의 행복을 위하여 기
여할 수 있는가, 인간은 정말로 선하고 자유로우며 어
쩌다 지상에 떨어진 '천사'인가, 등등의 근본적 의문으
로 말미암아 낭만주의의 우수는 더욱 짙어졌던 것이다.
이와 같은 회의와 더불어 예술가들은 실제 사회로부터
의 소외감을 느끼기 시작하였다.

낭만주의의 후기에 이르면 이러한 절망과 회의가 일종
의 버릇이 되어 버린 것을 본다. 프랑스의 보들레르
(Charles Baudelaire) 등은 인간에 대한 열광과 희망
을 내어버리고 인간의 저주와 절망을 솔직히 시인하고 그
것을 시적 소재로 삼았다. 오스카 와일드(Oscar Wilde)
같은 사람은 소외된 예술을 소외된 채로 시인하고 순전히
예술을 위한 예술을 시도하였다. 이리하여 낭만주의는 현

대에도 우리의 회의와 문젯거리로 남아 있는 숱한 불안한
유산을 남긴 것이다.

9. 사실주의

신고전주의에 반발하여 일어난 낭만주의 운동이 몇십
년 가지 않아서 또 다른 사조들의 반발을 받았다. 실상
낭만주의 이후 문학사조는 난맥상을 이룬다.

반발적 사조의 가장 큰 것은 사실주의(realism)라는
이름을 붙일 수 있는 전반적인 사조다. 문학에 있어서
사실주의는 한 사실을 작품에서 제시할 때 그 사실 자
체에 충실히 집착하는 태도를 말한다. 물론 이 태도는
고전·신고전·낭만주의를 통틀어 모든 문학적 저술에 얼
마만큼씩은 들어간다. 대상을 '여실히' 제시하는 기초적
수법인 것이다. 그러나 근대 문예사조적 의미의 사실주
의는 특별히 19세기 중엽에 프랑스·영국 등지에서 낭
만주의에 반발하여 일어난 사조로서, 19세기 말까지 특
히 소설 장르에서 위력을 떨쳤다. 그것은 문학적 수법
일 뿐 아니라, 철학적·사회적 태도로서 소재의 선택과
취급을 결정하였다.

일반적으로 사실주의자는 현실주의·실용주의(實用主
義)를 신봉하며 진리라는 것은 만상의 저 너머에 신비
의 구름에 싸인 절대적이고 초월적인 존재가 아니라,

실제 경험에 의하여 실증될 수 있는 상대적인 것이라고 믿었다. 낭만적 신비주의에 대한 반발인 것이다.

또한 사실주의자는 대체로 민주주의·사회주의의 신봉자이며, 그가 취급하는 소재는 평범하고 일상적인 중산 및 하층계급의 생활이었다. 발자크(Balzac)나 디킨즈(Dickens)를 상고해 보면 알 수 있다. 따라서 사실주의자는 당장 눈앞에 벌어지고 있는 일상사를 가장 흥미 있게 바라보았으며 무슨 불안이나 영광을 배제하고, 있는 그대로를 예리하게 관찰하는 것이 작가적 윤리라고 믿었다. 근대 생활의 주류는 과학이 이룩해 놓은 도시 생활이고 도시 생활은 가장 생동하는 인간의 모습을 보여 주는 것이라고 했다.

문학사조사의 견지에서 보면 사실주의는 문학 모방설에 속한다. 그 점에 있어서는 고전주의적이다. 그러나 눈앞에 보이는 구체적이고 특수한 사실들을 있는 그대로 보는 태도는 고전주의의 질서와 조화의 구현이라는 이념과 완전히 대치된다. 구체성을 추구하는 것만은 낭만적이라 할 수 있다.

현실에 시선을 보내는 사실주의자는 중세 취미나 몽환경(夢幻境)을 동경할 겨를이 없고, 현실을 이상화하든가 미화하는 데에 흥미가 없다. 사실주의자는 주관적 감정으로 물든, 그래서 사실을 그대로 전하지 못하는, 낭만적 소설을 반대하였다. 또한 격식이 지켜지고 질서

와 조화를 갖추고 꽉 짜인 플롯을 가진 고전적 소설을
싫어했다. 인생이란 것은 질서와 조화를 그처럼 인위적
으로 갖고 있지 못하다는 것이다. 장식이 없는 문체로
객관성을 유지하려고 했다.

현실 사회에 대한 예민한 관심은 사실주의자로 하여
금 사회 문제를 관찰케 하였다. 산업혁명 이후 급속도
로 창궐하는 사회의 복잡다단한 문제를 낭만주의자들처
럼 도피하고 외면할 수는 없었던 것이다. 그래서 민주
주의 또는 사회주의 같은 정치적 견해를 가지게 되었던
것이다. 많은 사실주의자들이 사회 문제를 제기하는 수
단으로 소설을 이용하기 시작했다. 사회를 비판하는 것
이 사실주의 소설의 큰 임무가 되었다. 이 경향은 후일,
20세기에 들어와 특별히 사회주의적 경향을 띠는 작가
들에 의하여 소위 '사회적 사실주의(social realism)'란
것으로 변질되었다. 현실 참여의 문학, 경향파 문학 등
등의 문예사조적 계보를 따지면 사회적 사실주의를 통
하여 19세기의 사실주의에 소급된다.

사실주의는 본시 사회 속에 놓인 평범한 개인을 존중
한다. 가위 민주주의적이다. 개인을 존중하는 데에서 성
격 구현을 주로 하는 성격 소설이 생기게 마련이다. 사
실주의 소설은 재미있는 모험담이나 달가운 연애담보다
도, 개인의 사회 생활상을 묘사하는 것이 보통이다. 성
격 묘사에서 심리 묘사는 한 걸음 차이뿐이다. 이리하여

사람의 현실적 사회 생활 못지않게 사람의 현실적 심리
생활이 사실주의자의 광대한 소재가 된 것이다. 헨리 제
임스(Henry James)와 프루스트(Marcel Proust)는
심리적 사실주의의 대가들이고, 이는 20세기 후반에까
지도 소설의 필요한 수법으로 인정되고 있다.

　사회적 사실주의나 심리적 사실주의에는 당연히 극히
비극적이고 격렬한 사건이나 결말을 제시하지 않는다.
현실 생활은 그런 게 아니다. 그들의 어조는 냉담하게
객관적이고 때로는 아이러니컬하고 풍자적이다.

10. 자연주의

　강과 산 같은 자연을 사랑한다고 해서 자연주의자란
이름을 붙이지는 않는다. 문학사조상의 자연주의(nat-
uralism)는 역시 주로 소설 문학에 있어서의 사조로서
19세기 말에 프랑스·영국·미국 등지에서 유행한 것을
가리킨다. 간단히 말해서 자연주의는 사실주의의 급진
적 형태로서, 과학적 결정론을 소설에다 적용시키는 태
도를 말한다. 19세기 말에 이르러 '자연'이라는 개념은
완전히 물리적인 것이 되고 말았다. 자연은 원소들의
우연한 집합의 결과로서, 자연에 속한 모든 만물은—사
람도 포함해서—자연의 법칙, 즉 원인과 결과의 법칙
(인과율(因果律))의 지배를 받는다고 보았다. 사람은

동물의 한 가지로서(다윈이 확증했다) 환경의 지배를 받으며 내적 본능의 충동대로 움직인다고 보았다. 개인의 의지와 이성으로 그것을 극복할 수 없다는 것이었다. 즉, 사람의 온갖 언행은 환경과 본능적 충동에 의해 결정된다고 믿었다.

자연주의가 사실주의와 결별한 것은 사실을 묘사하는 수법상의 차이에서가 아니라, 자연과학적 결정론의 입장에서 환경과 충동의 지배를 받는 사람의 실례를 제시하려는 점에서였다. 사실주의자들은 민주주의나 사회주의 등의 정치 이념을 가지고 사회를 본 반면, 자연주의자들은 인간에 대한 윤리적 해석을 배제하고 개인의 행위를 통해 나타나는 과학적 법칙들에 흥미를 가졌었다.

자연주의는 말하자면 근대 과학 사상으로 말미암아 달라진 세계상을 문학적으로 긍정한 결과다. 뉴턴과 다윈에 의해서, 좀 후에는 프로이드에 의해서 세계관과 인간관은 비윤리적이고 맹목적이 되었다. 이러한 우주관은 아주 강력한 근거가 있는 까닭에 문학에서 덮어놓고 외면하거나 반대할 수만은 없는 일이다. 실증주의(positivism)와 유물사관(唯物史觀, materialism)은 철학에 있어서의 과학적 우주관을 긍정·발전시킨 형태들이다.

문학에 있어서는 프랑스 소설가 에밀 졸라(Emile Zola)가 ≪실험 소설론≫에서 자연주의를 소설에 적용하는 방법을 설득력 있게 이야기하였다. 프랑스에서 자연주의가 발단하여 성행했지만, 특히 19세기 말에서 20세기 초에 미국 소설은 자연주의 일색이었다고 해도 과언이 아니다.

11. 상징주의

상징을 대량으로 사용하는 문학적 수법이란 의미의 일반적 상징주의와는 다른, 문학사조로서의 상징주의는 19세기 말에 사실주의에 대한 반발로 생겼다. 어떻게 보면 낭만주의의 재선언이라고도 할 수 있는 이 문학사조는 낭만주의가 늦게 개화한 프랑스에서 보들레르를 중심으로 일어났다. 그때는 이미 낭만주의는 그 열광적 성격을 잃고 보다 내성적이 되든가 또는 낭만적 이상의 패배를 자인하고 스스로를 조소하든가, 퇴폐적(déc-adent)으로 되어 있었다. 보들레르는 바로 이런 후기 낭만주의적 요소를 다 갖고 있었고, 특히 조소적이고 퇴폐적인 면이 깊었다.(Décadent 파라고 자칭하다가 1886년에야 symboliste 파라고 고쳐 부르기로 하였다)

상징주의자들은 대체로 낭만주의의 전통인 주관과 객관의 혼연일체를 더욱 깊게 믿었고, 초월주의적 철학도 고수하였고, 특별히 '아름다움' 자체를 숭모하였다. 인

간의 감각적 능력을 중요시한 것도 체험을 주장한 낭만
적 태도의 발전이다. 특히 상징주의자들은 인간의 다섯
감각을 통한 보이지 않는 실재의 파악을 주장하고 또한
그 파악한 내용을 독자의 감각을 통해서 전달해야 한다
고 믿었다.

이리하여 상징주의는 가장 감각적인 언어를 사용하면
서도 가장 비현실적이고 모호한 의미를 전달하고자 했
다. 직접적인 감각과 현묘한 의미를 연결시키기 위하여
그들은 시(의미)와 음악(감각 : 청각)을 결합시키려고
했다. 시의 음악성은 상징주의 테크닉의 대종(大宗)이
다. 그래서 종래 딱딱하던 프랑스 시는 보다 자유로운
리듬과 기타 음악적 효과를 갖게 되었다.

자유시와 산문시도 그런 의도에서 개발되었다. 비유
에 있어서도 강한 시각적 인상을 주는 세밀한 심상을
사용했으나, 그 의미는 모호하다. 상징주의 시의 난해
성은 시인이 상징을 자기 주관대로 선정하고, 거기에
자기 혼자만 의도하는 의미를 부여하는 데에서 오는 것
이다. 현대시의 난해성은 상징주의의 영향이다. 시의
난해성은 시가 잘못되어 생긴 것이 아니고 시인이 일부
러 그렇게 만들어 놓은 것이다. 그렇게 함으로써 시인
은 막연하지만 풍부한 의미에의 암시를 기할 수 있어
시인과 독자가 다같이 상상력을 폭넓게 자유로이 구사
할 수 있는 것이다. 그래서 상징주의 시의 언어는 보통

언어와 판이하게 다르고 논리적 분석이 불가능하도록
되어 있다. 상징주의의 최고봉인 말라르메(Stephane
Mallarmé)가 자기는 낱말을 음악의 보표(譜表)처럼
사용한다고 한 말을 음미할 필요가 있다.

20세기에 들어와서 상징주의는 유럽 전역에 퍼져서,
독일에서 릴케(Rainer Maria Rilke), 영국에서는 예
이츠(W.B.Yeats) 등이 말라르메나 그의 후계자인 발
레리(Paul Valéry)의 음악적 상징주의가 아니고, 주로
신비주의와 이상주의적인 면을 신장시켰다.

상징주의의 수법은 현대의 거의 어느 시인이든지 조
금씩은 다 체득한 수법이 되었다. 그것은 엘리엇(T. S.
Eliot)에서도 많이 발견되며, 더욱이 우리나라의 수많
은 현대 시인들의 이해하기 힘든 시들도 그 진원지는
프랑스의 상징주의 시인 것이다.

상징주의는 주로 서정시를 통해 왕성했었지만 희곡과
소설에도 영향을 끼쳤다. 특히 독일에서는 희곡에서 상
징주의를 발전시켰는데, 사람의 내면 생활을 외면적 행
동을 통하여 암시하는 재래의 사실주의적 희곡을 버리
고, 직접 내면을 상징적으로 표현하려 했다. 무대장치·
대사·인물의 분장·동작 등을 통해, 사실적 플롯과 인물
이 없이 인간의 내면, 즉 사랑·질투·분노 등을 상징적
으로 표현했던 것이다.

소설에서도 카프카(Franz Kafka)의 〈변신〉과 같은

소설에서 보는 것처럼 내면 생활이 상징을 통하여 표면
화된다. 이렇듯 내면의 생활을 표현한 이 상징주의의
일파를 '표현주의(expressionism)'라 한다. 엘리엇의
〈황무지(荒蕪地)〉는 표현주의적 수법을 많이 사용한 작
품으로 꼽히며, 제임즈 조이스(James Joyce)의 〈율리
시즈〉의 어떤 부분도 역시 표현주의적이다.

　표현주의는 사실주의 수법의 정반대이다. 실제 세계
의 사물들을 자기 주관대로 형체를 바꾸며 시간과 공간
의 연속성을 뒤바꾸기도 하는 것이다. 이러한 성질은
표현주의 그림을 보면 더욱 실감이 날 것이다.

　상징주의와는 좀 먼 거리에 있지만, 근원이 같다고
할 수 있는 현대 예술의 한 유파로서 다다(Dada)와 초
현실주의(surrealism)란 것이 있었다. 1920년대의 프
랑스에서 한때 성행했던 것이다. '다다'는 어린애가 재
잘거리며 내는 무의미한 소리로서, 일단의 시인들은 소
리와 의미, 시 또는 기타 예술작품과 의미를 완전히 분
리시켰다. 즉, 의미를 말살하든가 얼토당토 않은 의미
를 갖다 붙이든가 하였다. 이것은 과거 전통에 대한 반
발의 표현이었지만 오래 갈 수 없는 성질의 것이어서,
그후에 곧 나타난 초현실주의에 흡수되었다.

　초현실주의는 현실 저 너머의 실재를 믿는 상징주의
의 신념에다 프로이드 일파의 무의식의 이론을 가미하
여 개인의 깊은 무의식 속으로 침잠하는 것이 현실을

벗어나는 길이라고 주장하였다. 다분히 현대적 신비주의다. 현실의 때가 묻지 않은 순수한 시는 의식계(意識界)를 떠나 무의식계에 들어가 무의식의 언어를 있는 그대로 적어 놓는 것이 바람직하다는 것이었다. 일종의 자기 최면(自己催眠) 상태에서 자기도 모르는 사이에 저절로 입 밖으로 흘러나오는 말들을 자각 없이 적어 놓는 것이 가장 순수한 시라고 하였다. 이래서 생긴 것이 소위 순수시라는 것인데, 무의식의 무자각한 발언인 만큼 의미는 완전히 모호하다. 이것 역시 많은 난해시의 선구가 된다.

12. 현대의 지성주의적 경향

감정 위주의 문학의 반발에서 이지적인 문학, 그러면서도 사실주의나 자연주의 문학과는 대립되는 문학을 수립하려는 여러 갈래의 운동이 있었다. 그 중 중요한 것은 영미의 시인들이 일으켰던 이미지즘(imagism)이란 것인데, 그것은 개인적 감정의 눈물이 어린 눈으로 사물을 보지 말고 맑은 눈으로 정확히 사물의 형상(image)을 순간적으로 파악하자는 것이었다. 그 이론을 창안한 영국 사상가 흄(T. E. Hulme)은 인간의 무한한 가능성을 믿은 낭만주의를 강력히 반대하고 권위와 전통을 중히 여기는 새로운 고전주의에로의 복귀를

주장하였다. 시에 있어서 지적 통제를 요구한 그의 지
성적 입장은 통칭 주지주의(主知主義) 시인들에게 공감
을 얻었다. 엘리엇과 파운드(Ezra Pound)는 그 대표
들이었다.

주지주의는 시의 유파를 뜻하는 이름이 아니고 단지
지적 요소를 강조하는 일반적인 태도를 말한다. 이 주
지적 태도는 상징주의적 수법과 결합하여 영미 계통의
'현대시'를 낳았다. 우리나라에도 주지적 현대시가 195
0년대에 한창 유행했다.

주지적 경향은 소설 문학에서도 찾아볼 수 있는데,
그 대표적 인물은 영국의 헉슬리(Aldous Huxley)다.
그는 무척 지적인 태도로 현대 물질문명을 예리하게 비
판했고, 그 비판은 풍자로 나타났다. 그는 현대의 여러
철학과 사조들을 객관적 입장에서 한꺼번에 등장시켜
다루기도 했다. 이른바 '관념 소설'의 대가다. 버나드 쇼
(G. B. Shaw)의 일부 희곡도 사회적 사실주의보다는
현대인의 의식 구조에 대한 비판이다. 이처럼 사상의
비판, 문명의 비판은 현대 주지적 경향의 특질의 하나
다.

유럽 대륙에서는 과학적이고 합리적인 인간관에 대한
반발로서 실존주의(實存主義) 철학이 강력히 대두하여
인간의 운명에 대한 깊은 내성(內省)을 촉구하였다. 이
것이 문학에 받아들여져서 2차대전을 전후하여 하나의

문학 운동으로 크게 유행했다. 그러나 실존의 문제는
문예사조라기보다는 철학사조이다.

　요즈음 우리 입에 오르내리는 비트 문학, 히피 문학,
해프닝 예술 등은 여기서 얘기할 가치가 없는 그냥 저
질의 해프닝들이라고 보아도 무방하다.

제6장 문학의 주변 : 문학의 확대

지금까지 우리는 문학의 내부 구조, 문학의 관습 및 사조 등, 문학 자체의 울타리 속을 두루 살핀 셈이다. 이제는 문학을 둘러싸고 있는 외곽을 알아보기로 한다.

문학은 문학 이외의 온갖 사실과 끊을 수 없는 연관이 지어져 있고, 더구나 독자는 이 외곽 지대에서 생활하고 있는 까닭에 문학을 대할 때 외곽 지대 생활에 필요한 여러 요건을 가진 채로 대하는 것이다. 그래서 문학의 울타리 밖에 대한 어느 정도의 검토가 필요하고 특히 그밖의 세상과 문학의 내부와의 관계는 아주 자세히 객관적으로 고찰해야 한다.

문학의 울타리 밖에 존재하는 것은 무엇인가? 문학적 처리가 되기 이전의 인간의 심리·과학적 진리·생활상·종교적 신념·신화·역사·철학·사상 등 일체의 것이다. 이들을 낱낱이 다 여기서 논의할 수는 없다. 그 중 특별히 문학과 관계가 깊은 것들을 몇 개의 덩어리로 묶어서 생각해 보기로 한다. 그러나 여기서는 종교론이나 철학론 등을 전개하려는 것이 아니고 그것이 문학과 관계를 맺을 때, 문학에 어떤 형태로 기여하는가, 문학의 의미를 어떻게 확대시켜 주는가를 살펴보려는 것이다.

1. 문학과 사상

사상·관념·철학 등은 반드시 문학의 고유한 전유물은 아니다. 그러나 우리는 '문학의 사상', '위대한 철학을 말하고 있는 문학' 등등의 말을 하고 있다. 사실 어떤 문학작품은 하나의 체계 있는 철학 사상을 전파하기 위하여 소설 또는 희곡·시 등의 형식을 빌린 듯하기도 하다. 또 위대한 문학작품을 읽고 난 다음, 우리에게 보통 남는 것은 이야기 줄거리와 더불어 그 사상적 내용이다.

문학과 사상과의 관계는 어떻게 규정지을 수 있을까? 문학은 사상을 전달하기 위한 수단에 지나지 않는가? '문학은 감정과 사상의 표현'이라는 정의는 감정만을 표현하는 서정시 같은 문학과 사상만을 표현하는 장편문학이 따로따로 있다는 말인가? 또는 감정과 사상을 섞어 가지고 표현한다는 말인가?

예전 사람들은 사상 또는 교훈적 내용은 종교가나 또는 모든 학덕 있는 사람이 생각해 내는 것이고 그것을 조리 있고 알기 쉽게 전달하는 방법에는 철학과 문학 두 가지가 있다고 믿었다. 그런데 철학적 저술과 문학적 저술은 전달하는 내용은 같을 수 있지만, 그 방법은 달랐다. 철학은 추상적인 관념어(觀念語)를 논리적으로 나열하여 설명하는 방법이고, 문학은 구체적인 예와 달가운 리듬·이야기 등을 통해 그 내용을 전달하는 방법

이라고 믿었다. 철학은 단순히 지식을 전달하는 것이
목적이나, 문학은 즐겁게 하여 주는 동시에 지식을 전
달하는 이중의 효과를 가졌다고 주장했다. 다시 말하면
문학이란 근본에 있어 사상 또는 교훈적 내용, 즉 지식
을 아름다운 말로 꾸며서 제공한다는 것이었다.

맨 앞에서 잠시 설명하였지만, 이 문학관은 결국에
가서 문학 당의정설(文學糖衣錠說)을 낳았다. 교훈이나
지식은 씁쓸하나 좋은 약에 해당되고, 문학적 기교는 약
효는 없으나 쓴약을 감싸고 있는 당의정이라는 생각 말
이다. 이렇게 해서 문학과 사상의 관계는 겉과 속, 겉치
장과 실체, 형식과 내용의 관계로 추정되었던 것이다.

그러나 이 생각을 궁극적으로 몰고 가면 문학은 결국
아무런 독자적 내용을 가지지 못하는 순전한 껍데기에
지나지 않는다는 결론에 도달한다.

문학을 하는 사람은 단순히 남의 훌륭한 사상을 슬쩍
빌려다가 미사여구(美辭麗句)로 잘 꾸며 놓기만 하는
일종의 '쟁이'인가? 그렇지 않으면 문학가는 반드시 사
상가·철인인가? 사상가가 못 된다면 도덕군자나 교사라
도 되는가?

확실히 몇몇 위대한 문학가들은 위대한 사상을 가지
고 있다. 사르트르는 좋은 소설과 희곡을 쓰기도 했지
만 또한 ≪존재(存在)와 무(無)≫ 같은 이름난 철학책
도 썼다. 톨스토이는 〈전쟁과 평화〉를 썼고 또한 ≪그

러면 무엇을 할 것인가?≫ 등등의 종교 사상을 말하는 유명한 책도 썼다. 이들은 모두 위대한 사상가였다.

그러나 문학가들이 다들 그처럼 '위대한' 사상가·철학자는 아닌 것이다. 그들은 문학가와 사상가를 겸한 천재들이었다. 예외였다.

일반적으로 말해서 문학가는 정확한 의미의 사상가나 철학자나 교사(선생)는 아니다. 우리는 김소월이나 이상의 작품들을 읽고 감명을 받지만, 또 어떤 지식(뚜렷이 규정지을 수 없다 해도)을 배우기도 하지만, 그들에게 사상가나 철학가란 이름을 붙이지는 않는다. 확실히, 철학이나 사상은 정식으로 철학이나 사상을 체계 있게 정리하고 연구하고 논리적으로 설명할 수 있는 철학자와 사상가가 시인이나 소설가보다 취급을 더 정식으로 잘한다. 어떤 문학가가 아무리 철학적이라 해도 플라톤이나 칸트를 당할 수는 없다.

여러분은 인생의 진가(眞價)라는 철학적 문제를 해결하기 위하여 국내의 어떠한 소설가나 시인에게도 가지 않고 철학박사 ×××교수나 신학박사 ○○○목사에게로 갈 것이다. 확실히 사상이나 철학 그 자체는 문학의 본질적 요소가 아닌 것이다. 그러나 문학 속에서 사상적인 내용을 발견할 수 있는 것은 사실이다. 문학과 사상이 형식과 내용으로 딱 구별되는 이중적 구조를 가진 것은 아니지만 말이다.

이런 딜레마에서 빠져나오기 위해 우리는 '문학은 사상의 표현'이라는 말의 뜻을 다르게 해석해야 한다. 문학은 철학적 지식을 아름다운 말과 운율로 번역하여 제시하는 것이 아니라(이것은 사르트르의 경우도 마찬가지다), 인생에 대해서 감수성이 예민한 사람의 태도가 표현된 것이다. 우리는 누구나 문학가가 남달리 논리적·체계적 사고(철학적 사고)에 능하다고는 믿지 않지만, 그가 인생의 여러 문제에 대하여 유난히 예민한 감수성을 가지고 있다는 것을 인정할 것이다. 인생의 여러 문제는 까다로운 논리를 적용시켜서 확정해 놓은 철학적 문제는 아니다. 물론 그것은 철학에서 문제로 삼는 것이지만, 문학가가 대하는 문제는 철학에 의하여 개념화된 문제가 아니란 말이다. 따라서 그 문제에 대한 문학가의 해답도 비개념적이고 비체계적, 즉 비철학적이다.

어떤 학자에 의하면 문학에서 다루어지는 인생 문제는 다음 네 유형으로 나누어진다.

① 운명의 문제 : 좀더 고답적(高踏的)인 말로 하자면 자유와 필연, 정신과 물질의 관계를 뜻한다. 쉽게 말하면, 인간의 자유 의지와 이를 저해하는 물질 또는 우주의 근본 원리의 압력으로 생기는 문제들을 문학이 체험적으로 다룬다. 소포클레스의 〈오이디푸스 왕〉은 그 문제를 다룬 중요한 작품이다. 하디의 〈테스〉도 그런 문제를 많이 다룬다.

② 종교적 문제 : 인간의 죄와 구원의 문제를 말한다. 또한 초자연적 인격신과의 관계를 포함한다. 많은 종교 문학은 이 문제를 다룬다. 〈신곡(神曲)〉과 〈파우스트〉는 그 대표적 걸작들이다.

③ 인간의 문제 : 사람이란 무엇인가? 죽음과 사람의 관계, 사람의 기본 속성인 미움과 사랑 등의 문제. 아주 흔한 문제다.

④ 사회의 문제 : 가정·집단·국가의 문제. 역시 흔한 문제다.

위의 문제들은 언제나 명확한 체계를 이루어 확정되어 있는 것은 아니고, 어느 정도의 학식과 이해심이 있는 사람들이 막연하게나마 느끼고 있는 문제들이다. 그러나 이를테면 사회의 문제 중에서 가족간의 문제를 실제적으로 뼈저리게 체험하는 경우는 드물다. 대개는 문제를 느끼면서도 버릇처럼 무시하고 지나가든가 적당히 넘겨 버리고 말기 때문에 해결을 위한 노력이 없게 마련이다. 문학가는 구체적 상황에서 문제를 자연 발생케 하여 체험하게 한다.

문제를 체험한다는 것은 문제에 대하여 추상적인 논리로 모순과 부족이 없는 체계적 설명을 가한다는 것과는 아주 다르다. 체험이라는 것은 몸으로 직접 겪는다는 말이다. 문학은 그 구체성으로 말미암아, 또 그 사용하는 특수한 언어로 말미암아 독자의 모든 능력, 즉 감

각과 상상과 기억과 의지와 이성까지 모든 능력을 활동
시켜 어느 면에서는 실제 경험보다도 더 전체적으로,
포괄적으로, 광범위하게 체험하게 한다. 이것은 체계적
지식은 주지 못하나 지식의 실상(實像)을 체득하게 하
니까 일종의 지식을 주는 것은 사실이다.

의미 있는 경험을 많이 한 사람을 우리는 철학자·사
상가라고는 하지 않아도, 아는 것이 많은 사람, 지혜 있
는 사람이라고 한다. 그리고 철학처럼 체계 있는 지식
이 언제나 꼭 바람직한 것도 아니다. 문학가는 간혹 철
학적 지식을 가지고 있는 사람도 있지만 대부분의 경우
인생에 대한 '지혜'를 가지고 있다고 보는 것이 옳다.

지혜는 철학적 논리의 증명 단계를 거치지 않고 직접
어떤 중요점을 파악하는 직관력(直觀力)을 갖는다. 지
혜는 구체적 사실을 순간적으로, 다시 말하면 직관적으
로 해석할 때 그 능력이 드러난다. 문학적 지혜는 특히
구체적 사실을 직관적으로 해석할 때 사용하는 언어 그
자체와 구별지을 수 없다. 문제는 다시 문학의 언어적
성격으로 돌아간다.(제2장 1을 다시 참조)

의미의 해석과 그 해석을 표현하는 말은 둘 다 꼭같
은 순간의 꼭같은 '지혜'의 소산으로서, 둘을 구분할 수
없다는 말이다. 어떤 시인이, 어떤 나이 어린 심부름하
는 소녀가 커다란 빗자루로 부잣집 마당을 쓰는 것을
보고, "소녀여, 너는 남의 집 마당을 쓰는 것이 아니라,

지구의 한 모퉁이를 쓸고 있다."고 위로하였다. 이것은 구체적 사실에 대한 무척 지혜로운 해석인데, 이 해석은 그 표현과 불가분의 관계에 있다는 것을 쉽게 알 수 있다. 철학자는 그 두 가지를 구별한다. 철학자는 이렇게 말했을 것이다. "일 개인의 직무는 그가 보기에 무의미할지 모른다. 그러나 그 직무는 다른 많은 사람들의 직무와 합하여 전체 사회가 움직여 나가게 하는 중요한 요소이다." 또는, "전체의 기능에 속하여 있는 작은 부분은 그 자체의 기능의 확대된 의미를 자각하지 못한다." 또는, "전체는 부분들의 총화이다."라고. 즉, 철학에서는 그 추상적 아이디어가 중요하지 표현 방법은 중요하지 않다. 그 아이디어를 가장 추상적으로, 논리적으로, 모순되지 않게 전달할 수 있는 언어(표시적으로 사용한 언어)이면 족하다.

앞에서 문학가가 취급하는 문제가 특별히 철학적인 문제들은 아니라고 하였다. 이제 그 이유가 분명할 것이다. 문학가는 많은 지성인들과 더불어 그런 보편적인 인생 문제에 관심을 가지며, 그런 평범한 문제들이 실제의 구체적 생활에서 비상한 문제로 클로즈업될 때를 예민하게 포착하여 그의 직관적 해석을 적절한 언어로 표현한다. 그러니까 문학가는 보통의 경우, 독창적 사상가나 철학가는 아니다. 문학을 위해서 위대한 사상이나 철학이 문학가의 주변에 형성되어 있으면 매우 다행

한 일이다. 그러한 '심각한' 분위기는 문학가가 문제를
발견하고 해석할 때 큰 도움이 된다. 문학가는 다른 지
성인들과 마찬가지로 인생관을, 그 당시의 지적 분위기
를 형성하고 있는 철학이나 종교의 사상에서 많이 배우
게 마련이니까 그 분위기가 좋을수록 문학가에게는 이
득이 되는 것이다. '불교 문학가'는 그 자신이 불교의 승
려일 경우도 있으나 그보다도 일반적으로 불교적 배경
에서 불교적 인생관을 가진 사람이다. 기독교를 배경으
로 했던 단테, 르네상스 인간 사상을 배경으로 했던 셰
익스피어, 이상주의를 배경으로 했던 괴테는 참으로 행
복했었다.

현대 문학의 큰 문제는 그와 같은 통일된 사상적·철
학적 배경이 사라진 까닭으로 문학가의 인생관이 혼란
되어 있다는 사실과 일부 문학가들이 그 필요를 메우기
위해서 자신들이 스스로 철학자·사상가 노릇을 하려고
애쓰고 있다는 것이다. 사실 까뮈 같은 사람이 르네상
스 때 태어났다면 좋은 문학작품만을 열심히 썼을 테
고, 자기의 사상적 배경을 수립하려고 죽도록 고심하지
는 않았을 것이다.

우리나라의 현대 문학가들이 사상의 빈곤, 철학의 빈
곤이라는 비난을 받지만, 엄청난 천재(사상가와 문학가
를 겸한)가 아닌 그들에게, 그것마저 요구하는 것은 무
리다. 20세기의 한국이 정신 문화적으로 빈곤한 것은

그들의 책임만은 아니다.

2. 문학과 사회

문학과 사회는 언뜻 생각하기에도 무척 가까운 관계가 있다. 문학은 사회의 의사소통 수단인 언어를 사용한다. 또 독자라는 사회를 상대로 한다. 문학가는 사회의 일원임에 틀림없다. 더더구나 문학은 사회상을 반영한다. 문학이 즐겨 말하는 인생이란 결국 사회생활이 아닌가? 문학에서 다루는 가족 관계, 교우 관계, 연애와 결혼, 애국, 소외 등등은 모두 사회생활의 양상들이다.

그러나 문학과 사회는 사회학과 사회, 또는 직업 생활과 사회의 관계와는 상당히 다른 관계에 있다. 사회학은 사회를 학문의 대상으로 하고, 직업 생활은 사회 제도의 일부분이다. 문학은 사회와 그처럼 직접적인 대상이나 포함의 관계에 있지는 않다. 그래서 문학을 '사회의 표현'이라는 말로 문학과 사회의 관계를 규정하려고도 한다. 우리가 앞서서 논의한 바와 같이, 표현은 내부로부터 외부로 밀어내는 것을 말한다. 사회를 표현한다는 말은 사회의 양상이 일단 문학가의 내부(의식 또는 정신)로 들어갔다가(파악되었다가) 밖으로, 언어를 매개로 하여 나온다는 뜻이 된다.

외부 사회의 양상이 작가의 내부로 들어온다는 말은

작가가 사회의 영향을 받는다는 말도 된다. 전적으로 그러한 것은 아니지만, 유교 사회에 속한 작가는 유교적 사회관을 갖게 된다. 우리나라 작가들이 자유 민주주의를 옹호하는 것은 대한민국에서 태어나 자유 민주주의 교육을 받은 이유가 크다.

사회가 작가를 완전히 결정한다고 보는 것은 사회주의 문학관이다. 이것은 인간은 환경의 지배를 절대적으로 받는다는 말과 같은 말이다. 이러한 절대적 결정론은 사실과 다르므로 배격해야겠지만, 사회의 환경, 즉 교육·종교·사회제도, 심지어는 작가라는 직업, 출판업계의 상황, 생활 근거지 등등이 작가의 문제 선택과 그 해석에 큰 영향을 준다는 말이다. 그래서 작가는 사회를 여실히 반영한다는 말을 하는 것이다. 사실주의의 극단론에 가면 작가는 사회를 그대로 비추는 거울이어야 한다는 주장이 나온다. 통속문학 작가들은 사회를 그대로 반영하는 것보다도 사회의 일부 계층(상당히 큰 숫자다)의 취미가 요구하는 대로 꾸며대는 사람들이다. 대개의 신문 소설들이 그렇다.

그러나 문학과 사회의 관계는 그렇게 명백하게 직접적인 것은 아니다. 작가는 민감하게 선택하고 자각한다. 그는 무색투명한 유리가 아니고 농도와 도수가 있는 '렌즈'다. 작가는 사회의 어느 층에 속하며, 또한 그 층에 속하는 도덕률이나 이데올로기를 견지하고, 그의 사회적 신분이나 지위로 말미암아, 사회생활의 어떤 특수 분야에 특별한 관심이 있고, 또한 거기에 대한 특별한 해석을 내린다. 그리고 그가 상대하는 독자의 층도 한정될 수도 있다. 순수 문예작품은 교육 정도가 낮은 축이나 노년층은 상대하지 않는다.

작가는 자기가 상대하는 독자들을 통하여 사회에 영향을 미친다. 어떤 사회 문제가 대두하였을 때, 그것을 보는 관점과 해결의 방법을 제시할 수 있다. 신문뿐만 아니라 문학도 사회에 여론을 진작시킬 수 있는 것이다. 이를테면, 노동자의 참상을 여실히 그려내어 독자들에게 뼈아픈 감동을 느끼게 할 수 있다. 그것이 정부 정책에 비로소 반영되게 하는 계기가 될 수 있다.

요즈음 사회 참여의 문학이니, 고발 문학이니 하는 것은 모두 사회의 부조리를 파헤쳐서 많은 사람들, 특히 식자 계급에게 정당한 인식을 요구하는 문학이다. 그러나 사회의 어떤 양상을 하나의 중요한 문제로서 파악하는 것은 작가의 특출한 눈이다. 아무나 그것을 큰 문제로 중요시할 수 있는 것은 아니다. 그리고 그 문제를 정말 문제 의식을 일으키게시리 제시하는 것도 작가의 특출한 능력이다.

그러나 문학이 아무리 애써도 사회의 문제를 강력히 제시하여 그것의 실질적 해결을 초래하는 예는 동서고금을 통하여 드물다. 강연이나 웅변, 정치적 선전, 매스

미디어에 의한 여론 조성에 비하면 무시할 정도이다. 이것은 무엇을 말하는가? 단적으로 말해서 문학은 사회 개혁을 하기 위한 선전 도구가 아니라는 뜻이다. 정치 개혁을 위해서는 소설이나 희곡·시를 백 편 써내는 것 보다는 단 한 번의 선거 연설이나 신문 사설로 '까는 것' 이 효과적이다. 잘못하다가는 선전도 안 되고 문학도 안 된다.

예전 사람들은 풍자문학을 쓰는 이유를 '사회의 부조리를 우스꽝스럽게 제시함으로써 사람들로 하여금 그런 부조리를 범하지 않게 하려는 것'이라고 했다. 그러나 그 누군가의 말대로 풍자문학으로 말미암아 사회의 부조리가 사라진 일은 없다. 애국시는 애국심을 고취할 수는 있어도 시로서는 엉성하기가 일쑤다. 이러한 사실은 문학의 사회적 효용성의 한계 또는 부재를 말하는 것이 아니라, 문학의 사회적 효용성이 다른 방면에 있다는 것을 뜻한다고 보아야겠다.

문학은 사회에 영향을 미치지만 직접적 행동을 자극하지 않는다. 직접적 행동을 유발하는 것은 선전(광고도 포함)·선동·선정(煽情)이다. 사회적으로 유익한 선전·선동도 있고 해로운 것도 있다. 아무리 유익해도 문학이 본질적으로 할 일은 아니며, 해로운 것은 물론 피해야 한다. 범죄 소설을 많이 읽고 정말 범죄를 저지르든가, 외설 소설을 읽고 정말 추태를 부린다면, 그것은 강력한 영향력을 가진 문학의 소치이기는 하나 저주할 영향력임에 틀림없다. 이처럼 좋은 의미의 선동이나 나쁜 의미의 선정이나 간에 진정한 문학은 직접 행동과는 관련이 없다.

문학은 주로 독자들의 태도의 정리, 심리 상태의 안정, 통상적으로 가지고 있는 신념을 재확인하거나 의문시하는 데에서 그친다. 어떻게 보면 이것은 직접 행동의 유발보다 더 본질적이다. 왜냐하면 문화의 정도는 행동으로 증명되는 것보다 의식 상태로 증명되는 까닭이다. 많은 좋은 문학이 축적되고 그것을 읽은 많은 독자의 의식 상태가 세련되었다면 그 세련된 의식, 즉 문화가 사회 생활의 각 부면에 모르는 사이에 침윤(浸潤)될 것이다. 이렇게 근본적인 영향력을 미치는 것이 진정한 문학의 사회 참여이지, 그때그때의 고식적 행동으로 불타 없어질 선동·선정의 문학은 문학 자체를 위해 기피할 일이다. 단, 많은 좋은 문학을 많은 독자가 읽을 수 있는 일반적인 분위기를 조성하는 것은 사회인으로서의 문학인이 얼마쯤은 책임을 져야 할 일이다.

끝으로 생각할 문제는 문학작품 속에 구현된 사회가 실제 사회와 어떤 관계가 있느냐 하는 것이다. 문학은 사회의 표현이라는 말을, 문학은 사회생활의 한 단면을 잘라서 제시한 것이어야 한다는 말로 극단적 해석을 한 적도 있다. 마치 사진처럼 문학은 실생활을 그대로 묘사해야 한다는 것이었다.

그러나 문학이 실생활의 그대로의 모사(模寫)에 지나지 않는다면 그것을 제시하는 데에 아무런 의의도 없다. 있는 그대로를 보여 주는 사진도 구도라는 것이 있고, 또 특별히 의의 있는 순간을 기념하기 위한 것이 보통이다. 문학은 글이니까 사회의 모습(시각적)은 전혀 이질적인 매개 수단(언어)으로 '번역'되어야 한다. 벌써 실생활은 아니다. 글은 사회에서 보고 듣는 것을 무엇이나 다 옮길 수는 없다. 즉, 글로 전달할 내용을 취사선택하지 않을 수 없다. 이로 말미암아 실제 사회의 모습은 굉장히 달라져 버린다. 사진은 의의 깊은 순간을 포착한 것이지만, 문학도 인생의 여러 모습 중에서 작가가 특히 의미 있는 부분이라고 가치 판단한 모습을 선택한 것이니까, 작가의 인생관이 오히려 반영된다.

그러나 무엇보다도 중요한 점은 실사회를 모델로 해서 실사회에 아주 접근하는 것이라 해도, 그것은 허구(虛構)라는 것이다. 맨 앞에서 우리는 문학의 허구성을 논의했다. 실제에 가까운 묘사를 박진력(迫眞力)이 있다고 한다. 그러나 박진력은 박진력에 그치지 실제 자체는 아니다. 소설 속의 살인범은 실제의 검찰청의 기소를 받지 않는다. 허구, 즉 지어낸 이야기는 작가의 의도에 따라서 실생활과 아주 비슷하게 꾸며질 수도 있고, 아주 다르게 환상적으로 꾸며질 수도 있다. 엄격한 의미에 있어서 작가는 시시각각으로 자꾸만 변모하는 사회를 사진사처럼 그 어느 순간에 포착하여 바로 그 장면만을 영구히 보존하려는 것이 아니라, 변하는 사회 생활 속에서 변하지 않는 인간의 본성, 인간의 사실을 붙잡으려는 것이다. 우리가 발자크를 읽고 얻는 것은 19세기 프랑스의 어떤 지방의 사회 생활상이라기보다는 20세기의 우리 한국인도 충분히 이해할 수도 있고 또 나누어 갖고 있기도 한 인간에 관한 불변하는 진실을 재확인—사람은 과연 그런 것이지 하는 수긍—하는 것이다.

3. 문학과 그 창조자(작가)

문학은 개성의 표현이라는 늘 듣는 말의 진정한 의미는 무엇인가? 작가는 자기가 창조하는 작품과 어떤 관계가 있는가?

작가가 제아무리 자기의 심혈을 기울여 작품을 창조한다고 해도, 작품을 창조하는 과정에서 자신의 목숨까지 희생했다 해도, 자기가 직접 작품 속에 송두리째 들어가는 것은 아니다. 작가와 작품은 그 어느 관계보다도 밀접할 수 있지만, 절대로 동일할 수는 없다. 즉, 작가는 작품의 울타리 밖에 있는 존재임이 틀림없다.

고전주의 문학관은 외부의 실재를 가장 중요시하고

작가는 비교적 중요시하지 않았으나, 낭만주의 문학관은 작가의 개성, 그의 특별한 체험, 천재적 독창성을 강조하고, 작품 자체를 작가의 정신의 한 분신(分身)·파편으로 보고자 했다. 물론 작가에 따라서 작가와 그의 작품의 거리가 아주 밀접하여, 작품 속에서 작가 자신의 체온과 숨소리를 느끼는 듯한 것도 있다. 낭만주의 시대 이래로, 문학을 연구하는 사람들은 작품 속에서 작가를 만나려는 노력을 계속해 오고 있는 것이다.

작가를 세밀히 연구하는 것을 전기(傳記) 연구라고 한다. 즉, 작가의 일생을 연구하는 것이다. 작가를 연구하기 위한 기본 자료는 작가가 살던 사회에 관한 모든 역사적 기록과 유물 그리고 작가 자신의 기록과 유물이다. 이런 의미에서, 작가 연구는 역사학·문화사의 일종인 것이다. 그러니까 이순신이나 나폴레옹 같은 영웅을 연구하는 것과 연구 방법의 독특한 차이는 없다.

사실 작가는 이순신이나 나폴레옹처럼 인상적이고 우렁찬 인생을 산 경우는 드물다. 그래서 작가 연구는 작품을 통해서 그 작가의 정신 속에서 벌어지던 아름다운, 또는 웅장한, 또는 비장한 상상의 세계를 재구성해 보는 데에 근본 목적이 있다. 작품 속에 미래에 대한 위대한 꿈이 표현되어 있다면 바로 그 꿈은 작가의 정신 속에 자리잡고 있던 꿈이었다고 보는 것이다. 작가는 애국심이 있어도 이순신 장군처럼 웅장하게 실천은 못하고 단

지 상상 속에서 이순신 장군을 능가하는 애국적 활동을
하는 사람이다. 뭇여성들의 사랑을 받는 최고의 건장한
미남은 아니나 작품이라는 허구의 세계 속에 자기의 마
음의 분신을 그런 미남으로 등장시켜 대리적으로 만족
을 얻는 사람이라는 극단적 견해도 있다. 그런 극단론자
중에는 작가를 일종의 과대망상증·백일몽·우울증 등의
증세가 있는 정신병자로 보는 사람도 있다. 즉, 작품을
작가의 직접적이고 고백적인 발언이라고 전제하고, 그
런 발언을 하게 된 동기를 정신 분석학적으로 캐어 들어
가면 그런 결론에 도달한다는 것이다.

　작가와 작품을 너무 밀접히 관련시켜 그 둘을 동일하
게 취급할 지경에 이르면 그런 극단론이 안 나올 수가
없다. 애인의 죽음을 통곡하는 시를 쓴 시인이 반드시
자기 애인이 죽은 경험을 했다고 단정할 수는 없다. 설
사 정말 그의 애인이 죽어서 통곡을 한 일이 있다 해도
그 통곡 자체가 저절로 시가 되지는 않는다. 시인은 그
런 슬픔을 당하는 순간에는 그 슬픔의 문자화·예술화를
고려할 상태에 있지 않다. 슬퍼하는 순간, 그는 우리와
꼭같은 하나의 개인일 뿐이다. 작품은 경험과 더불어
동시에 발생하는 것이 아니라, 상당한 시간적 거리가
생긴 다음에, 경험을 객관화하여 바라볼 수 있게 된 때
에, 그 의미를 반추한 결과를 문자로 형상화한 것이다.

　중국의 소동파(蘇東坡)가 〈적벽부(赤壁賦)〉라는 이

름난 시를 적벽 아래에서 뱃놀이를 하며 당장에 지어냈
다고 큰소릴 쳤지만, 나중에 알고 보니까 집에 돌아와
서 밤새껏 썼다가는 고쳐 쓰고 한 종이가 산더미처럼
쌓였었다는 이야기가 있다. 즉흥시라는 것도 있지만,
즉흥시치고 비슷한 경우에 관하여 씌어진 다른 작품을
흉내내지 않은 경우는 드물고 또 즉흥시가 걸작품이 되
는 경우는 더욱 드물다.

이것을 보아도, 작가와 작품은 우선 그 창작의 과정
에서 떨어져 있다. 작가는 자기 자신의 체험이든, 남의
체험이든, 상상적인 체험이든 간에 작품으로 형상화할
때에는 객관적 거리를 지키는 법이다. '우는 이야기'도
눈물 없이 쓰는 법이다. 작품은 허구가 아닐 수 없다.

따라서, 한 작가의 생애를 모르면 그 작품을 전혀 알
수 없다는 말은 틀린 말이다. 만약에 어떤 작품을 그
작가의 실생활을 모르면 이해할 수 없다고 하면, 그 작
품은 제대로 객관화의 과정을 거쳐 완전한 형상을 이루
지 못한 작품, 따라서 그것을 이해하기 위해 별로 흥미
없을지도 모를 그 작가의 일생을 뒤져볼 아무런 가치도
없는 작품이다. 정신과 의사는 정신병자가 쏟아 놓는
횡설수설을 녹음하여 두었다가, 그것을 이해하기 위해
그 환자의 일생을 모조리 검토하지만, 즉 그 환자와 환
자의 진술은 원인과 결과라는 떼어 놓을 수 없는 관계
에 있지만, 작가와 작품은 절대로 그렇지 않다.

작품에 나타난 인생관도 작가가 자신의 것인지, 작가가 창조한 작중 인물의 것인지 명확히 구별하기가 곤란하다. 작가 자신의 것이 너무나 명백하다면, 즉 작중 인물의 입을 통하여 작가 자신이, '이것은 내 인생관'이라고 소리치는 것을 들을 수 있는 경우라면, 그것은 앞에서 이미 이야기한 바와 같이 선전이나 설교일 뿐이다. 우리는 작가 자신의 선전이나 설교를 듣기를 원치 않는다. 대개의 작가의 경우, 그의 인생관을 철학자나 종교가의 그것처럼 제1장 서론, 제2장 총론…… 제10장 결론의 명확한 체계를 세워 설명할 수 없는 이유가 무엇인지 생각해 볼 만하다.

셰익스피어의 인생관을 막연히 추정할 수는 있어도, 평범한 조목(그는 정직의 가치를 믿었다, 기독교를 신봉했다 등등) 이외에는 체계화하기 곤란하다. 셰익스피어는 특히 그러하지만 작가의 사상적 태도는 단순·명백하지 않고 포괄적이고 융통성이 크며, 통념상 진리로 믿어지는 교리에 대한 회의도 있으며, 모든 사상의 체험적 가치를 객관적 입장에서 관찰하려고도 한다. '김소월의 인생관'이라 하여 어떤 비평가가 논문을 썼다면, 그것이 곧 김소월의 인생관이 되는 것은 아니다. 그것은 그 비평가의 개인적 해석일 뿐이다. 물론 그런 개인적 해석이 많으면 많을수록 김소월의 작품을 이해하는 데에 도움이 되는 것은 사실이다.

그렇다면 문학에 나타나는 작가의 개성이란 무엇일까? 우리가 문학작품에서 감지할 수 있는 어떤 특별한 체취·분위기·기질 등은 작가 자신의 개성과 무관한 것은 아니나, 평상시의 그의 개성과 반드시 동일한 것도 아니다. 그런 작품 내의 특질들은 작가가 작품의 세계를 하나의 독립된 세계로 만들기 위해 마련한 일종의 대기권(大氣圈)일 경우도 많고(이 경우 작가는 그 특질을 창조한 셈이다), 또한 작품 창작을 위하여 그가 자기의 창작 의지에 따라 재료(주제·성격·배경·플롯·어휘 등)를 취사 선택하고 취급하는 데에 나타난 그의 작가로서의 버릇일 수도 있다. 그 버릇이 반드시 그의 완전한 한 개인으로서의 버릇과 동일한 것은 아니란 말이다. 즉, 그의 대한민국 국민으로서의, 하나의 가장으로서의, 하나의 직장인으로서의, 하나의 친구로서의, 하나의 종교인으로서의 전 인격적 버릇, 개성이 작품 속에 그대로 다 반영되지 않는다는 말이다. 엄격한 의미에 있어서 작가의 전체 개성의 여러 면모가 여러 작품 속에서 분산되어 객관화되어 있는 것이다. 이렇게 남의 것처럼 객관화된 작품 속의 개성을 어떻게 하여 다시 그 작가의 것으로 환원시킬 수 있는가 하는 문제는 아직 문학연구에서 미해결로 남아 있는데, 그것을 해결하는 것은 아마도 불가능할지 모르고, 또한 그것을 해결하는 것이 반드시 바람직한 일도 아니다.

4. 문학과 방계 과학 :
언어학·문화사·사회학·심리학·신화학

문학의 주변을 이루고 있어서 문학과 긴밀한 관계를 갖는 사실들을 앞에서 살펴보았다. 19세기 이래, 20세기에 접어들면서 문학의 주변적 사실들을 학술적으로 연구하는 일이 부쩍 늘어났다.

문학을 그 자체대로, 즉 문학의 내부적 요소들을 연구하는 학문은 바로 이 책에서 우리가 다루고 있는 셈이다. 그래서 다시 더 이야기할 필요가 없다. 여기서는 문학과 그 주변의 사실들과를 관련시켜서 연구하는 학문을 간략히 개관하려고 한다.

언어학 : 문학은 언어를 직접 표현 및 전달의 유일무이한 수단으로 사용하고 있다. 언어의 성질을 특수하게 개발하고 이용하는 것은 사실이나, 언어가 문학의 절대적 재료가 되는 만큼, 언어와 문학을 연결시켜 연구할 수가 있다.

언어학은 엄격히 말해서 좋은 글, 나쁜 글을 판단할 때 사회의 언어 관습인 문법에 맞느냐 안 맞느냐를 기준으로 삼는 까닭에 문학의 가치 판단 기준과는 본질적으로 다르다. 범위를 넓혀서 잘 된 작품, 못 된 작품의 판단은 할 수가 없다. 실상 문학의 언어, 특히 시의 언

어 사용방법은 사회의 언어 생활을 규정하는 문법과는
무척 다르다.

문법만 다른 것이 아니라, 언어학에서 옳은 의미를
전달하는 문장과 시에서 옳은 의미를 전달하는 문장이
또한 다르다.

예를 들면, '나는 오늘 아침 면도칼을 맛있게 먹었다'
라는 말은 의미론상 성립되지 않는다. 사람이 맛있게
먹을 수 있는 물건의 범주에 면도칼은 포함되지 않기
때문이다. 그러나 현대의 어떤 기발한 시인은 그런 환
상적인 말을 의미심장한 문장으로 제시할 수도 있는 것
이다.

언어학은 그러니까, 문학적 언어가 어떤 면에서 정상
적 언어와 얼마만큼 다른지를 설명해 줄 때 필요하다.
어떤 시구가 음악적이라면 그 음악적 요소는 언어의 어
떤 특질을 이용한 것인지도 설명해 줄 수 있다. 한 작
가의 문체가 독특하다면 언어의 어떤 면을 어떻게 사용
한 결과인지를 알려 줄 수도 있다. 어려운 낱말, 고대
문학의 어구적(語句的) 해석 등은 어휘학이나 문법학의
도움을 받아야 한다. 그러나 그것이 왜 효과적인지, 그
것이 과연 잘 된 것인지, 의미론적으로는 불가능한 문
장이 왜 문학적으로는 가능한지는 설명할 수가 없다.
화가의 색채의 배합이 왜 아름다운 것인지를 물리학의
일분야인 색채학이 설명할 수 없는 것과 같다.

　문화사 : 문화사는 역사학의 일부다. 문학은 분명히 문화의 소산이므로, 그 역사는 문화사의 일부가 안 될 수 없다. 문학은 한 국가나 민족 사회의 문화적 특질을 반영하며, 그 특질이 시대적으로 변모함에 따라 문학 역시 변모한다. 우리는 모두 역사책에서 문학의 변천에 관한 몇 페이지를 읽은 기억이 있다. 대부분의 국문학사(國文學史)나 세계 문학사는 한국 문화사 또는 세계 문화사 중에서 문학 문화에 해당되는 부분을 따로 떼어 내어 확대시킨 것이다. 우리가 삼국시대 문학·신라통일기의 문학·고려시대 문학·이조시대 문학 등등으로 우리 문학의 역사를 구분하는 것은 분명히 우리나라의 왕조사(王朝史)의 구분을 그대로 따른 것이다. 우리 역사는 왕조사를 중심으로 이어져 왔고, 모든 부면의 역사(문학사·종교사·경제사·정치사 등)도 다 왕조의 변화를 따라서 변천된 것이라는 역사관이 우리 국문학사를 설정하는 데에도 지배하고 있는 것이다.

　문화사의 일부로서의 문학의 변천 과정을 연구하는 사람은 철저히 역사학적 방법을 알고 있어야 한다. 이조시대의 양반들의 시조를 문화사적인(또는 문학사적인) 입장에서 연구한다면, 엄격한 의미에서는, 역사가들과 마찬가지로 ≪이조실록(李朝實錄)≫을 자세히 연구해야 할 것이다.

　프랑스의 텐(Hippolyte Taine)이라는 학자는 영문

학사를 연구하기 위하여, 영국 역사 전반을 자세히 연
구하고, 모든 문화적 현상과 마찬가지로 문학적 현상
(작가·작품·사조 등)은 종족·환경·시기(race, milieu,
moment)의 삼대 요소의 동시적 작용의 결과라고 보았
다. 그의 생각을 따르자면, 과거의 문학을 알기 위해서
는 그 문학을 생산한 종족의 특성이 밝혀져야 하고, 그
당시의 물질적·정신적 환경을 잘 알아야 하고, 또한 종
족의 특성과 환경의 특성이 묘하게 교차하는 시기를 잘
포착해야 한다. 그러기 위해서는 문학작품뿐 아니라 일
체의 기록과 유물을 검토하고, 과학을 이용해서 한 시
대의 모습을 완전히 재구성해 보아야 한다.

　이것이 정석적(定石的)인 문학사의 방법이다. 그러나
그것은 문화사하고 다름이 없다. 우리는 문화가 문학에
크나큰 영향을 끼친다는 것은 잘 알고 있으나, 문화가
절대적으로 문학을 결정해 버린다고는 믿을 수 없다.
문학이 단지 역사의 산물에 불과하다면 유물이나 골동
품에 지나지 않는다.

　그러나 과거의 문학이 시대를 넘어서, 언어와 풍속이
다른 현대인에게 새로운 의미를 가진 이야기를 해줄 수
있는 것은 무슨 까닭인가? 훌륭한 문인은 역사적 산물
이기도 하지만, 또한 자기 스스로의 선택과 결정을 할
수 있는 정신적 자유를 가진 존재이고, 또한 시간과 공
간의 제약을 넘어서 모든 사람에게 자기 이야기를 하고

자 하는 꿈을 가지고 있다. 문화사는 바로 이 점에 대해서 만족스러운 설명을 할 수 없다. 그러나 문화사(즉 문학사)는 그밖의 문학의 외적 조건들, 작품의 제작 연대, 당시의 사회 풍토, 당시의 문학적 유행 등에 대해서는 자세히 알려 준다.

현대에 이르러, 많은 학자들이 문학사의 그런 약점을 극복하려고, 문화사와는 긴밀한 관련을 가지고 있으면서도 문학 독자적인 역사, 순수한 문학의 변천을 문학 내적 요인을 가지고 설명할 수 있는 문학사를 설정할 수 있는 방법을 모색중이나, 아직 성공했다는 말은 들리지 않는다. 어쩌면 끝까지 불가능할는지도 모른다.

문학은 확실히 간단한 물건은 아니다.

사회학:사회학은 문학이 사회와 긴밀한 관계가 있는 까닭에 문학연구에 응용된다. 문학은 정치 현상·사회 풍조·가정 관계·교육 문제·사회 계층·직업 문제·세대간의 차이·개인의 소외·사회 윤리 등 사회 문제를 소재로 삼는데, 그것들은 바로 사회학이라는 현대적 학문의 연구 대상인 것이다.

사회적인 문제를 소재로 다룬 작품을 사회학적으로 다룬다는 것은 자연스럽다. 예를 들면 이상의 〈날개〉에 나오는 사회에서 소외된 주인공은 사회의 어떤 병리적 현상으로 말미암아 그러한 소외를 당하고 있는가를 사

회학의 한 문제로 삼고 사회학적 방법과 개념을 가지고
설명할 수 있을 것이다. 막연한 짐작이나 상식적 해석
보다 그러한 학술적 해석이 더 믿음직스러울 수 있다.
그러나 물론 사회학을 어느 수준까지는 잘 알고 문학에
대해서도 분별력이 뛰어난 사람이라야 그런 일을 할 수
있다.

　문학작품의 해석에만 사회학을 이용할 수 있는 것은
아니다. 사회학은 사회에 속한 각종 사회인의 부류·역
할·지위·특징 등을 연구 대상으로 하는 바, 작가라는
사회인의 역할·지위 등등에도 응분의 관심을 가질 수
있다.

　작가는 사회라는 커다란 기구 속에서 어떤 기능을 가
지는가? 공인되지 않은 교사인가? 또는 오락 연예인인
가? 과연 필요한 존재인가, 또는 어느 한계까지 사회적
으로 용납할 수 있는가? 작가의 수입 정도는 얼마이며,
국민소득 수준과 비교하여 얼마나 차이가 있는가? 창작
활동을 계속하기 위하여 무슨 부업을 가지는가? 등등
사회인으로서의 작가를 연구할 수도 있는 것이다.

　문학은 독자층이라는 사회를 상대한다. 따라서 문학
의 독자 사회학이라는 게 성립된다. 실존주의 문학이
유행함으로 말미암아 청소년 사이에 인생에 회의를 느
끼고 자살하는 사람들이 더러 있었다. 문학이 사회 의
식에 강한 영향을 미친 일례다. 요즈음의 독자들은 대

체로 무엇을 즐겨 읽는가? 〈광복 20년〉 같은 실록체 (實錄體) 장편소설이 인기라면 이것은 책을 읽는 사회 계층에 어떠한 의식의 경향을 시사하는가? 퇴폐적인 신 문소설의 사회적 영향은 좋은가, 나쁜가? 민족주의 문 학이 민족의 단결을 촉성하는 데에 얼마나 기여하는가? 등등의 문제를 현대의 발달한 사회 조사·통계·분석의 방법으로 해답하려고 하는 것이다.

물론 문학은 허구이므로, 실제 사회를 연구 대상으로 하는 사회학이 액면 그대로 문학연구에 적용되어 꼭같 은 성과를 낼 수가 없는 것은 가히 짐작할 수 있는 일 이다. 또한 사회학의 법칙을 잘 응용한 작품이라고 해 서 반드시 우수한 작품이 된다는 보장도 없다.

심리학:문학은 어떤 동기에서 씌어지고, 또 대개 어 떤 동기에 관하여 씌어진다. 심리학은 바로 사람의 동 기에 관하여 연구하는 과학이다. 문학과 심리학의 연결 도 자연스럽다.

첫째로, 심리학은 작가가 왜 하필 그런 작품을 쓰게 되었는가를 밝히려 한다. 이상의 심리 속에 어떤 에네 르기가 작용했기에 〈오감도〉 같은 괴상한 시를 낳게 했 는가? 심리학자는 마치 정신병 의사처럼 이상의 모든 기록과 행적을 미루어 그의 심리 상태를 파헤쳐 본다. 이 까닭에 현대에 와서 작가연구의 가장 큰 힘이 되어

준 것은 심리학인 것이다. 작가의 정신 상태, 그것은 평범이 아닌, 그렇다고 정신병도 아닌 비상한 상태이고, 어떤 경로로 하여 모든 사람들이 겪는 일상적 체험이 그냥 사라지지 않고 문학작품이라는 창조적 실체를 이루는가? 이런 문제를 연구하는 분야를 '창작 심리학'이라고 한다.

문학작품 속에 등장하는 인물들의 심리도 심리학의 대상이 된다. 햄릿 왕자는 왜 빨리 복수를 못하고 주저하는가에 대하여 심리학적인 설명이 가해진다. 심리학적 추정을 계속하여 햄릿의 소년 시절까지도 재구성해 본다. 어떤 작품은 심리학적 원칙으로 볼 때, 심리 처리가 잘못되어 있는 것이 밝혀져 무가치한 작품이라는 판정이 내리기도 한다.

현대에는 심리학이 거의 상식이 되다시피 하여 많은 문인들이 작품 속에 심리 이론을 응용하여 인물의 성격을 구현하기도 한다. 프랑스의 초현실파(超現實派)가 무의식(無意識)의 이론을 그 기본 원칙의 하나로 삼고 있음은 이미 이야기하였다. D. H. 로렌스의 작품들도 프로이드 일파의 성심리(性心理) 이론을 많이 응용하고 있다. 이런 작품일수록 심리학적 연구의 대상으로 적합하다.

문학은 독자의 심리 상태에 영향을 준다. 앞에서 이야기한 카타르시스의 개념도 현대에는 심리학적으로 설명이 가능하다. 문학작품에서 아름다움을 느끼는 심미적(審美的) 경험도 심리학적으로 설명하면 그럴 듯하다. 문학작품에서 잔혹한 이야기를 흥미 있게 읽는 동안에 독자의 잠재적 잔혹성이 해소되는 까닭에, 통속적인 잔혹 소설도 사회에 유익하다는 심리 이론도 있다. 가위 독자 심리학이다.

심리학 역시 문학 밖에 존재하는 사실들을 연구하는 학문이므로, 문학 자체를 다 설명할 수는 없다. 단지 어느 한도 내에서는 상당한 도움이 되는 것은 사실이다.

신화학 : 문학을 그 주변에서 측면적으로 관찰하는 소위 방계 과학은 이밖에도 여러 가지일 수 있으나 마지막으로 인류학의 한 분야인 신화학(神話學, mythology)에 관해서만 간단히 이야기한다. 신화학을 문학연구에 응용한 것을 신화 비평(myth criticism)이라고 한다.

신화라는 것은 원시시대의 인간관과 우주관을 표현하는 상징적인 이야기이다. 어느 민족이나 다 그 민족의 시조(始祖)와 초자연적 세력과의 관계를 이야기하는 신화가 있다. 신화는 우주·인간·생물·운명 등 모든 원시인의 중요한 것에 대한 종교적·철학적·문학적·역사적, 더욱이 '과학적'(이것들이 분화되어 있지 않았었다) 해석인 것이다. 신화는 그런 까닭에 꾸며낸 이야기나 비유가 아니라 심각한 '진실된' 이야기였다.

현대 신화 연구자들은 고대, 즉 인류의 유아기에 인간이 인간과 우주의 근본에 대하여 그렇게 교육을 받은 것이 지금 인류가 성장하여 장년, 또는 노년에 접어든 이때에도 무의식 중에 기억되고 있다고 주장한다. '세 살 버릇이 여든까지 간다'는 말의 진리가 인류라는 장수하는 '생명체'에도 적용된다는 것이다.

심리학은 유아기에 벌써 사람의 성격이 결정된다는 말도 하고 있다. 인류 자체도 그렇다는 것이다. 물론 세 살 적 일은 자라남에 따라 의식에서는 잊혀지지만, 무의식에는 계속 잠재하여 알지 못하는 사이에 그 세력을 행사한다.

문학은 인류학의 연구에 의하면 고대의 신화에서 유래했다. 문학의 유아기는 신화의 단계였다. 따라서 현재 씌어지고 있는 문학작품에는 겉으로 보면 몰라도 그 유아기의 신화적 요소들이 변모되어 나타난다는 것이다. 그 사실은 문학가 자신도 전혀 모른다. 자기가 옛 신화의 이야기를 다른 옷을 입혀서 재현한다는 사실을 전혀 모른다는 것이다.

신화 비평가는 인류, 또는 한 민족의 신화의 근본 유형과 요소와 목적 등을 확실하게 체계화한 인류학의 학설에 의거하여 인류 문명 이후 씌어진 모든 문학작품 속에서 위장된 신화의 파편들을 발견해 낸다.

그들의 눈에 보기에는 '가시리, 가시리잇고' 하는 고

려시대의 시도 단군신화나 동명왕의 신화, 또는 기록이
남지 않은 우리 민족의 기본적 신화의 한 부분이나 요
소가 둔갑을 하여 나타난 결과로 보이는 것이다.

　신화 비평에 따르면 한 민족, 또는 전 인류의 문학은
모두 기본 신화의 후예이니까 서로들 같은 집안의 친척
들인 셈이다. 신화 비평은 문자화된 작품보다도 그 문
자 뒤에 숨은 내력에 관심이 있으므로 역시 문학의 바
깥을 관찰하는 연구다.

　신화 비평에 의하여 세계 문학의 동질성·영구 불변
성, 철학을 능가하는 종교적·신비적 성격에 대한 신념
이 굳어졌다.

제7장   결론:문학의 평가

우리는 어떤 문학작품을 읽고 나서 '과연 인생은 그렇다', '참 재미있다', '작가의 인생관이 잘 나타난다', '내용이 풍부하다', 등등의 말을 한다. 또 그 반대의 말도 한다. '재미가 없다', '얘기가 제대로 되어먹지가 않았다' 등등.

이와 같은 독자의 말은 문학작품과 어떤 관계가 있는가? 그 말들은 칭찬 아니면 비난이다. 잘 되고 못 되고의 평이다. 이러한 평은 독자가 얼마든지 할 권리를 가질 뿐 아니라 또 어떠한 형태로든지—그냥 간단히 좋다, 나쁘다는 말로라도—해야 한다. 또 하게 마련이다. 독서의 끝에 가서 저자의 목소리만 계속 듣고 있던 독자는 그 나름대로 어떤 평을 하게 되는 것이다.

다시 말하면 한 문학작품을 다 읽고, 그 내용을 잘 검토하고 그것의 참고사항을 다 알아보고 나서 마지막으로 행하는 작업은 그 문학작품에 대한 가치 평가인 것이다. 우리는 지금껏 문학을 이모저모로 이해해 보려고 해왔는데, 그 이해의 종국적 목표는 좋은 문학과 좋지 못한 문학의 판단에 있는 것이다.

사실, 이해의 과정, 알아보는 과정에도 부분적인 평

가의 작업이 자기도 모르게 작용한다. 우리는 한 편의
소설을 읽어 가면서 '좋다', '나쁘다', '틀렸다'를 속으로
뇌까리는 것이다. 정 나쁠 때에는 중도에 집어던지기도
한다. 다시 말하면 우리는 이해의 과정과 평가의 과정
을 완전히 분리하지는 못하고 있다. 그러나 그 부분적
평가는 마지막까지 다 읽고 난 다음에 과연 정당했는
지, 부당했는지가 드러나기 시작한다. 가치 평가의 정
당성은 이해가 깊어짐에 따라 증가한다.

가치 평가는 으레 하게 마련이지만, 그 평가의 기준
에 대해서 책임을 지고 하는 경우는 일반 독자의 경우
드물다. '그 작품이 참 좋다'고 평하는 사람에게 왜 좋으
냐고 되물으면 '좋으니까 좋지' 하는 무책임한 대답이
나오는 게 보통이다.

우리는 문학을 이해하려고 노력하는 만큼, 문학의 이
해의 궁극 목표인 가치 평가의 기준까지도 이해하여 보
기로 한다.

우리는 이 장의 서두에서 네 가지 간단한 평의 예를
들었다. 자세히 보면 그 네 가지는 다들 흔한 것들이지
만, 그 기준은 다 다른 것을 알 수 있다. 첫번째의 '과
연 인생은 그렇다'는 평은 작품이 '실제 인생에 닮은 정
도'를 기준으로 하고 있다. 두번째의 '참 재미있다'는 평
은 작품이 나에게 주는 효과를 기준으로 삼는다. 세번
째의 '작가의 인생관이 잘 나타난다'는 평은 작품에 작

가의 인격 또는 성격이 얼마나 잘 표현되는가를 기준으로 한다. 마지막, '내용이 풍부하다'는 평은 그 작품 자체의 형태를 기준으로 하고 있다.

이 서로 다른 네 가지 기준들은 우리가 맨 앞에서 논의한 문학의 성질들과 연결시켜 생각해 보면 서로 불가분의 관계가 있다는 것이 밝혀진다. 첫째로, 실제 인생에 닮은 정도라는 기준은 문학의 모방적 성격과 연결된다. 독자에의 효과라는 기준은 문학의 효용성과 관계가 있다. 저자의 개성이 나타나는 정도라는 기준은 물론 문학의 표현적 성질의 일단이다. 끝으로, 작품 자체의 형태는 작품의 구조적 성격에서 나온 기준이다.

이밖에 다른 기준도 있을 수 있겠지만, 대개는 위의 네 가지 기준으로 대표될 수 있다. 이제 차례로 자세히 생각해 본다.

1. 모방 : 닮음의 기준

한 소설이나 희곡을 읽고 '사실적이다', '생생한 재현이다', '여실히 보여 준다', '박진력(迫眞力)이 있다'는 평들은 모두 문학작품에 제시된 인생·자연·인물·배경 등등이 실제의 사실을 백 퍼센트까지는 몰라도 80~90 퍼센트 이상 닮은 것을 칭찬하는 말이다. 이러한 기준을 사용하는 사람은 적어도 그 순간 문학은 현실의 모방이라는 문학관을 인정하고 들어가는 것이다.

이렇게 사실에 닮은 정도를 평가의 기준으로 삼을 수 있는 작품은 사실주의 작품이나 자연주의 작품인 경우가 많다. 또한 작품 중에서도 작가가 의식적으로 사실을 닮으려고 애쓴 부분—인물 묘사든지, 거리 풍경이든지—에 적용하기 알맞는 것이 그 기준이다. 〈햄릿〉의 유령이 나오는 부분에 대하여 확실히 '사실적이다' 라는 평은 어울리지 않는다.

닮은 정도라는 기준은 사진과 같이 외형적인 묘사에만 적용되는 것은 아니다. 소설의 끝마무리에 대해서 '세상은 그렇게 쉽게 끝나진 않는데' 하는 비난을 할 수도 있다. 교육도 많이 받고 얼굴도 잘생긴, 모든 것을 구비한 젊은 여인이 다만 돈이 없어 불행을 느낄 때 길을 가다가 값비싼 보석을 주워서 드디어 행복하게 되었다는 사건 처리가 있으면 '인생은 그렇지 않다'고 우리는 반발하는 것이다.

그런데 우리는 〈리어 왕〉같이 사실적이 아닌 작품을 보고도 때로는 '인생이란 과연 그래!'라는 평을 하기도 하는 것이다. 이때의 '인생'은 사실주의의 '인생'과는 다르다. 비상한 영웅이 등장하는 소설을 읽고 '과연 영웅은 그렇지!'라고 평할 때에도 실제 생활에서 볼 수 없는 영웅의 면모를 기준으로 삼고 있다. 이것은 사실대로의 인생이 아니라 이상적인 인생(idealized life), 또는

'마땅히 그래야 할' 당위(當爲)의 인생에 대한 언급인 것이다. 우리가 마음속으로 그리고 있는 이상적인 인생의 모습에 비추어 꼭 들어맞는다는 말이다. 엄격히 말하면 이러한 경우 '인생은 바로 그런 것이다'라고 하지 않고 '인생은 바로 그래야 쓰느니!'라 해야 한다. 사필귀정(事必歸正)이라는 말은 사실에 대한 묘사가 아니라, 도덕적 소망을 나타내는 당위적 발언이지만, 이상적인 작품에서는 사필귀정이 자연스럽게 실행된다. 이상주의적 문학작품에서는 쓰이는 말까지도 실제보다 미화된다. 이 모든 것이 다 우리가 마음속으로 그리는 이상적 세계에서는 자연스러운 것이다. 어쨌든, 닮은 정도가 기준이 되면 실제의 세계든 이상의 세계든 그것의 모방의 면에서 작품을 평하게 되는 것이다.

그런데 작품 중에는 현실 세계도, 이상의 세계도 아니지만, '심각한 의미에서 인생을 반영하는' 것도 있다. 〈파우스트〉에는 별별 괴물이 다 등장하여 환상적인 언행을 한다. 그것들은 무엇의 모방인가? 그러나 모방의 개념을 그대로 지키는 사람은 '파우스트는 심각한 의미에서 상징적으로 인생을 그대로 반영한다'고 말할 수 있다. 얼마만큼이나 잘 모방했는지는 그 모방의 대상이 존재하지 않으므로 객관적으로 말하기 힘들지만, 책임 있는 비평가는 인생의 어떤 면이 어떻게 상징화의 과정을 통해서 변모되어 나타난 것인지를 밝힐 것이다.

이러한 닮음의 기준은 객관적 대상의 모방이 문학이
라는 관점에서 가능하다. 모든 문학을 다 모방으로만
볼 때, 자칫하면 신통치 않은 근거에서 이것은 저것의
모방이라는 억지를 부리게도 된다. 작품에 따라서 다른
기준을 적용하는 것이 훨씬 수월하고 타당해 보이기도
한다.

2. 효과 : 즐거움과 교훈의 기준

한편, '재미있다'든지, '유익하다'든지, '감명을 준다',
'퍽 인상적이다' 등등의 평은 문학작품이 독자 자신에게
무슨 영향을 준 것을 기준으로 하는 평들이다. 실제 외
부 사물에의 닮기를 기준으로 하는 것과는 정반대다.

독자 자신에게 어떤 영향을 주는데 그것이 바람직하
지 못할 때에는 '재미가 없다', '너무 눈물만 강요한다',
'얻은 것이 하나도 없다'는 혹평을 할 수도 있다.

개인의 기대에 대한 충족 여부를 평가의 기준으로 삼
는 것은 지나치게 주관적이 되기 쉽다. '너는 배를 좋아
하지만, 나는 사과를 좋아한다. 입맛에는 우열이 없다.
나 좋으면 그뿐이다' 하는 식의 극단적인 주관주의는 지
적 이해를 겸하여 요구하는 문학에 대한 평으로는 너무
나 무책임한 것이다.

그러므로 독자에 대한 효과를 기준으로 하기 위해서

는 '믿을 만한 독자', '이상적인 독자'를 가설적으로 규정
해야 할 것이다. 무슨 작품이든지, 독자에게 무엇을 전
달하겠다는 의도가 조금씩이라도 있게 마련이고, 또 대
부분의 경우 어떤 부류의 독자를 상대하고 있는지도 추
정이 가능하다. 그러니까 아주 단순한 동화가 어린이를
상대하는 것이 분명하면, 어린이의 반응(또는 어른들이
보기에 어린이가 보여야 할 바람직한 반응)을 기준으로
삼아야 한다. 통속적인 탐정소설, 연애소설 등은 순수
문학을 즐기는 하이브라우(highbrow)들을 상대하지
않는다. 그런 통속 소설에서 대중이 기대하고 바라는
것이 무엇이냐가 중요하다.

 일반적으로 말해서 순수문학이든 통속문학이든 간에
독자에게 주는 효과 중에 가장 뚜렷한 것의 하나는 '즐
거움'(재미·쾌감·만족감·심미감)이다. 작품에 따라, 또
한 거기에 상응하는 독자에 따라 즐거움의 종류와 양상
과 정도가 다 다를 것이지만 일반적인 의미의 즐거움을
주기 위해서 작가는 적절한 배려를 한다. 귀엣맛이 좋
은 낱말을 골라 쓰는 시인은 음향의 즐거움을 염두에
두고 있다. 아기자기한 이야기를 꾸미는 소설가는 독자
의 흥미를 계속 자극하려는 의도가 있다.

 즐거움을 조성하기 위하여 문학가들이 보통 동원하는
방법은 신기성(新奇性, novelty)과 친숙성(親熟性, fa-
miliarity)·명백성(intelligibility)·애매성(obscurity

) 등등이다. 신기성은 별로 듣지 못하던 사실을 이야기하든가, 보통 작품에서 사용되지 않는 새로운 수법을 사용한다든가, 이야기의 끝을 기대하지 않은 방식으로 마무리한다든가(소위 surprise ending) 하여 독자의 호기심을 자극하는 것을 말한다.

그러나 너무 처음 듣는 소리만 나오면 어리둥절하게 된다. 그래서 독자가 잘 아는 인물, 흔한 사건 등을 이야기함으로써 독자가 인지(認知)의 즐거움을 갖게 한다. 친숙한 사람을 만나는 즐거움과 같은 친숙성을 무시할 수 없다.

명백성이라는 것은 독자가 쉽게 이해할 수 있도록 도와주는 것으로 아무리 힘든 사상을 이야기하더라도 이해가 가능하도록 작가는 배려해야 한다. 그렇다고 무엇이나 쉽게 이해하는 데서 오는 긴장의 해소를 막기 위해 수수께끼 같은, 긴장된 사고를 요구하는 애매성도 필요하다.

위의 여러 조건들은 모두 독자의 즐거움을 더하기 위한 것들이다. 그러나 독자는 단지 재미만을 원하지 않고 실질적으로 얻는 것, 배우는 것이 있기를 원한다. 그러니까 문학의 효용론에는 문학 쾌락설과 문학 교훈설의 두 가지가 있는 셈이다. 사람들은 그 두 가지를 한꺼번에 얻고자 한다. 재미있고도 유익한, 또는 재미를 통해서 유익한 것을 얻는 것을 원하는 것이다.

문학이 무엇을 가르치느냐 하는 데 대해서는 위의 '문학과 사상'에서 이미 언급했다. 문학은 체계적 지식(철학이나 과학)을 주지는 않는다. 독자는 그런 지식을 문학에서 구하고자 하지도 않는다. 막연하게나마 인생의 지침, 어떻게 사느냐, 사랑의 가치, 인간성 등에 관하여 교훈을 얻고자 하는 것이다. 문학은 넓은 의미의 윤리 도덕과 관계가 있다. 도덕 자체는 도덕 철학이 가르치지만 문학은 인간 행위의 도덕적 해석을 보여 준다. 그러나 그것은 어려운 이론의 논리적 해석이라기보다는 대체로 그것의 감동적인 제시이다. 감동은 진실에 대한 강한 정서적 수긍을 뜻한다. 문학을 효과면에서 볼 때, 강한 정서적 수긍을 유발하지 못하면 그 특유한 형태의 가르침을 주기 힘들다. 가르침이 직접 행동을 유발할 정도가 되면 '선전', '선동'이 되는데 어떤 이들은 그렇게 어떤 목표를 향해 직접적 행위를 자극하는 것이 가장 바람직한 좋은 문학이라고도 하다. 효과를 기준으로 하는 것은 확실히 지나치게 주관적이고 즉흥적이기 쉽다. 어떤 사람들은 그 즉흥성을 중요하게 생각하여 첫인상을 강조하기도 했는데, 문학비평에서 그것을 인상주의(impressionism)라 하여 경계하고 있다.

3. 표현 : 독창성과 개성의 기준

'이 시인이 마음에 든다', '이 소설에 나타난 작가의 위대한 정신' 등등의 평은 모두 작품을 작가의 사상·독창성·개성의 표현으로 본 데서 생긴 평들이다.

우리가 위에서 이미 논의한 바와 마찬가지로, 독창성이 주장된 것은 낭만주의 시대 이후이니까, 독창성이 평가의 기준이 된 것은 비교적 근래의 일이다. 분명히 어떤 부류의 작품은 우리로 하여금 그 작가의 천재적인 능력에 대하여 감탄을 자아낸다. 위대한 사상이 표현된 작품을 볼 때, 그 위대한 사상 자체에 흥미를 느끼면 앞에서 논의한 교훈의 효과를 가치 기준으로 하는 것이 되지만, 그 사상의 독창성에 관심을 기울이면 결국은 그 작가의 뛰어난 정신을 찬양하게 된다. 이것은 기준이 작가 자신에게로 옮겨진 셈이 된다. 작가 연구는 따라서 표현을 가치 평가의 기준으로 삼는 사람들이 특히 흥미를 느끼는 분야다.

독창성이라는 것은 남과 다른 독특한 창조 능력이다. 모든 작가는 얼마쯤씩은 다 그런 능력이 있다. 그렇지 않다면 문학을 '창작'한다는 말을 할 수 없다. 그 창조의 정도가 기준이 되는 것이다. 그러나 우리가 쉽게 짐작할 수 있는 바와 같이, 전에는 전혀 존재하지 않은 것을 만들어 낸다면 독자는 완전히 이해를 못할 것이다.

아무리 독창적이라 해도 그것은 한도가 있다. 셰익스피어나 괴테는 자기의 얘기를 그저 만들어 낸 것이 아니라 역사나 전설에서 얻어다 썼다. 그들의 독창성이란, 얘기를 꾸며냈다는 것을 뜻하지는 않는다. 이야기에 대한 새로운 각도에서의 해석, 이야기를 전개한 방법(플롯)·리듬·새롭게 느껴지는 생동력 등이 중요하다. 그러니까 다른 데서 빌려 온 이야기는 독창적이 아니라는 생각은 아주 소박한 생각이다. 일반적으로, 종래의 '문학이란 대개 이러이러한 것이다' 라는 통념을 완전히 깨뜨려 없앰으로써 그런 통념의 폭을 확장하는 문학이 독창적인 것이다. 종래의 통념을 조금도 넓히지 못하는 작품은 모조품이나 아류라고 한다. '희곡은 5막으로 되어 있다'는 통념에 대항하여 단막극을 창안하여 성공한 사람은 그런 통념을 깨뜨려서 희곡의 통념을 확대한 셈이다. 희곡은 반드시 5막극이어야 하고 다른 것은 불가능하다고 자제하는 사람은 적어도 희곡의 한 분야에 있어서는 독창적이 못 된다. 한국의 시조는 초기에 우수한 작품이 나오고 나서는 계속해서 선배 작품에 대한 모방만을 한 까닭에 우리가 읽을 맛도 안 난다.

작가는 자기의 독창성을 발휘하려고 별별 기이한 방법을 다 쓰기도 한다. 우리가 문예사조를 논할 때 언급했다. 다다이즘이나 초현실주의, 요즈음의 해프닝 예술 등은 다 기발한 독창성의 발단인데 이런 독창성은 과연 가치가 있는 것인가? 독창성의 가치는 종래의 문학에 대한 혁신에의 공헌도에서 주어지는 것이지, 단순한 파괴나 전혀 새로운 시작과는 관계가 없다. 문학은 아무리 독창적이라고 해도 결국은 문학을 벗어나는 것은 아니다.

독창성과 약간 다른 것은 개성이라는 것이다. 개성은 독창성의 원동력이 되지만 또 한편 자기가 진실로 느끼는 것을 그대로 토로하는 성실성의 주체이기도 하다. 독자의 구미를 돋우는 인기작가가 되어 돈을 벌겠다는 욕심 때문에 자신의 주체성을 버리는 행위를 우리는 성실하다고 보지 않는다. 주체성이 강한 작가를 우리는 높이 평가한다. 신념을 굽히지 않고 자기가 할 소리를 다하다가 세력층에게 박해를 받는 작가는 영웅시된다.

그러나 물론 주체성이 강한 작가의 작품이 반드시 좋은 작품이 된다는 보장은 없다. 새것을 꾸며내면 반드시 독창적인 좋은 작품이 된다는 보장이 없는 것이나 마찬가지다. 인격과 성품이 아무리 훌륭하고 두뇌가 아무리 좋고 감정이 풍부하다 해도 좋은 작품을 저절로 생산해 낼 수는 없는 것이다. 자칫하다가는 작품 자체보다 사람만 칭찬하게 된다.

4. 구조 : 다양과 통일의 기준

작품 자체에서 평가의 기준을 얻으려는 노력은 자연히 생기게 된다. '내용이 풍부하다'는 말은 가장 초보적이긴 하지만 작품 자체를 두고 하는 평이다. '구성이 좋다', '잘 짜여져 있다', '균형이 잡힌 전개다' 등등의 말은 다분히 전문적이고 따라서 일반 독자가 보통은 사용하지 않는 말들이다. 다시 말하면, 문학작품 자체의 구조나 형태에 관심을 가지는 것은 우리처럼 문학의 여러 면모를 종합적으로 검토하고 알아본 사람들이다.

그러나 다른 기준들은 무식한 사람들의 것이라는 말은 아니다. 모방·효과·표현의 기준도 납득할 만한 타당성을 갖기 위해서는 역시 전문가가 필요한 것은 두말할 것이 없다. 단, 그 세 가지는 문학작품의 밖에 존재하는 사물(현실·독자·작가)에다 평가의 기준을 두는 것임에 반하여, 지금 이 네번째의 기준은 작품의 내부적 구조 자체에 있다고 보는 것이다.

위대한 사상은 저절로 위대한 문학이 되는 것이 아니라, 작품 속에서 문학의 모든 방법으로 적절히 제시되어야 한다고 믿는다. 작가의 성실성도, 현실에의 닮음도 다 작품 자체가 보장해야 한다. 같은 이야기도 하는 사람에 따라 재미있기도 하고 심심하기도 한 것이다.

작품의 구조에 관심을 두는 사람은 작품을 떠나서 주

변을 이루는 사실들에다 시선을 보내지 않는다. 작품의 구조는 간단하지 않은 까닭에 어떤 점에다 주의를 보낼 지 당황하게 된다.

비평가들은 대개 작품 내부를 구성하고 있는 요소들의 다양성에 주의를 기울인다. 좋은 작품은 우선 재료가 많이 사용된 것이다. 재료가 많다는 것은 양적인 의미뿐만 아니라 압축·함축·대조 등에 의한 다양을 뜻하기도 한다. 외부 사물에 대한 세밀한 묘사는 닮음의 면에서라기보다 작품 자체의 풍부의 면에서 본다. 인물의 일면만 강조된 '평면적 성격'보다 '입체적 성격'에 흥미를 가지는 것은 입체적 성격이 내포하는 복잡다단한 심리상태 때문에 작품이 다양해지는 데에 공헌하는 까닭이다. 단일한 플롯이 아니고 여러 부차적 플롯이 전개되고 많은 인물이 등장하는 작품은 복잡다단하다. 역시 작품의 폭이 넓어진다. 단순히 애인의 아름다움을 예찬하는 정형시보다, 애인의 아름다움과 더불어 부족한 면, 젊음이 쇠퇴한 뒤에도 남을 정신적인 아름다움을 한꺼번에 노래한 다양한 리듬의 자유시가 더 풍부할 수 있다. 한 가지 사상만을 한결같이 제시하는 작품보다 그 사상에 반대되는 사상들도 여러 가지를 동시에 제시하여 그 사상들 사이에 복잡다단한 충돌과 화해를 빚어내는 모습을 제시하는 작품은 훨씬 심각하다.(이런 면에서 보아도 '선전'은 유치한 것이다)

  일반적으로 말해서 작가들은 되도록이면 많은 이질적인 재료들을 한 작품 속에 넣으려고 한다. 그러나 구슬이 서말이라도 꿰어야 보배라듯이 그 많은 재료들이 모순이 없고 통일성이 있는 하나의 완전한 구조를 이루어야 한다. 그러니까 다양과 통일은 서로 모순되는 개념들이지만 문학 예술은 그 두 가지를 어떤 순간에 조화시키는 신기한 능력이 있다. 어떻게 보면 특별히 신기한 것도 아니다. 이상적인 민주주의 사회는 모든 개인이 각각 독립성을 유지하면서도 전체적으로 하나의 통일체를 이룬 것이다. 문학의 다양과 통일은 바로 그런 것에 유추할 수도 있는 것이다. 문학에서 사용되는 말 한 마디도 다 그것대로의 성격이 있지만, 또 문학가는 말 한 마디라도 성격이 뚜렷하도록 사용하지만, 그것이 그 이웃에 다른 말들과 연결을 지어서 한 개의 단일한 작품을 이루고 있다.

  통일을 이루는 방법으로서는, 인물·배경·성격의 단일화도 있겠고, 테마의 통일, 전체적 분위기의 통일도 있을 수 있다. 그러나 통일을 지나치게 추구하면 내용의 풍부는 기할 수 없다. 많은 작품이 순전히 내용을 풍부하게 하려다가 실패한다. 또 통일만 기하려다가 빈사 상태의 작품을 낳기도 한다. 우리는 그 둘의 조화된 작품을 높이 평가하는 것이다. 벽이 넷만 있으면 집이 될 수 있으나, 고급 저택은 많은 여러 가지 재료를 쓰되

벽이 있을 데에 벽이 있고, 창이 있을 데에 창이 있는
집이다.

문학의 이해는 결국은 문학의 평가를 책임 있게 하기
위한 필요한 기초 작업이다. 평가를 하는 데에는 모든
작품에 일률적으로 만족스럽게 적용되는 단일한 기준은
없다. 어떤 작품에 어떤 기준을 적용해야 하는지도 그
냥 설명을 듣고 당장에 배울 수 있는 것이 아니다. 문
학을 충분히 이해하고 적절한 평가의 기준을 적용하는
것은―이것은 너무나 당연해서 쑥스러운 소리지만―문
학을, 동서고금의 문학을 많이 자발적으로 즐기며 읽은
다음에야 가능하다.

저자 약력

연세대학교 영문과 및 동 대학원 졸업
미국 Emory 대학교 대학원 영문학과 졸업
　　　문학박사 학위 (ph. D.) 받음
미국 Murray 주립대학교 조교수 역임
연세대학교 교수 역임
　　　　　미국 현대어문학회(MILA 회원)
저　　서
《영국 르네상스 문예사조》(영문)
《문학 연구의 방법》
역　　서
《예술창조의 과정》

문학의 이해

〈서문문고 045〉

개정판 발행 / 1996년 3월 5일
개정판 4쇄 / 2013년 10월 20일
지은이 / 이 상 섭
펴낸이 / 최 석 로
펴낸곳 / 서 문 당
주소 : 경기도 고양시 일산서구 법곳동 1155-3
전화 : 031-923-8258
팩스 : 031-923-8259
창업일자 / 1968. 12. 24
SeoMoonDang Publishing Co. 1968
등록번호 / 제 406-313-2001-000005호
초판 발행 : 1972년 9월 5일
ISBN 978-89-7243-245-8 ＊ 잘못된 책은 바꾸어 드립니다.

서문문고 목록

001~303
◆ 번호 1의 단위는 국학
◆ 번호 홀수는 명저
◆ 번호 짝수는 문학